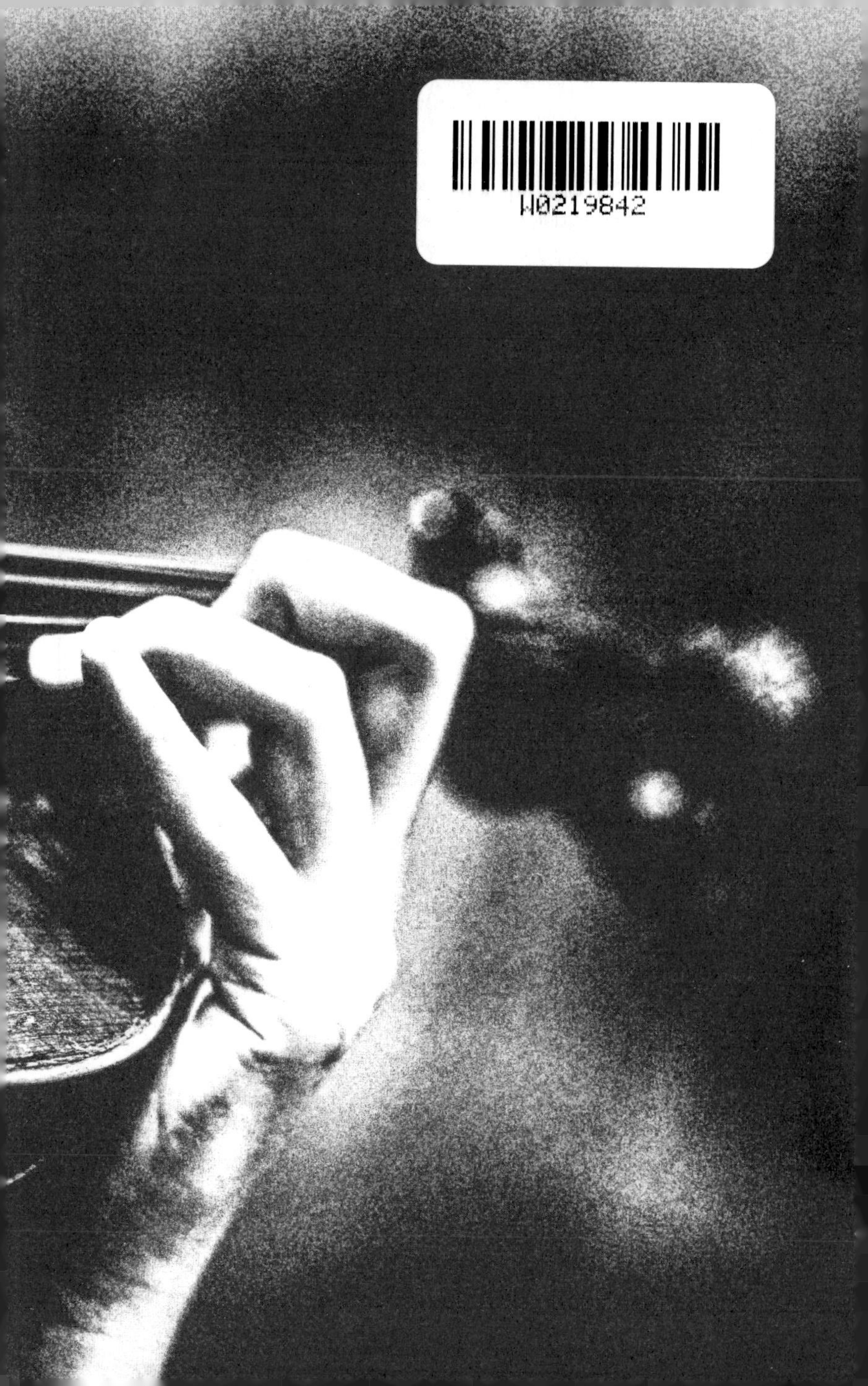

salis

TILMAN STRASSER

HASENMEISTER

salis

TILMAN STRASSER

HASENMEISTER

VERLAG SALIS VERLAG AG, ZÜRICH
www.salisverlag.com
info@salisverlag.com
www.facebook.com/salisverlag
www.twitter.com/salisverlag

LEKTORAT PATRICK SCHÄR, BASEL

KORREKTORAT INA SERIF, BASEL

FOTO + GESTALTUNG MICHEL GILGEN, ZÜRICH

SATZ BARBARA HERRMANN, FREIBURG

GESAMTHERSTELLUNG CPI BOOKS GMBH, LECK

1. AUFLAGE 2015

ISBN 978-3-906195-25-4

PRINTED IN GERMANY

Dieses Werk wurde vermittelt durch die Agentur Brauer.

Für Julian

Meine erste Lehrerin hatte zwei Augen in zwei Farben. Ihr Blick war grün, wenn ich gut spielte, doch meist sah ich in strenges Blau. Sie war Russin. Deutsch beherrschte sie, aber mochte es nicht. Es sei ihr zu weich, klagte sie, zu konturlos, es streiche über die Lippen, man bemerke es kaum. Deshalb wohl redeten die Leute hierzulande viel. Sie selbst sprach wenig. Tat sie es doch, stieß sie rüde die Konsonanten vor sich her und erwürgte alle Vokale in ihrem langen, blassen Hals.
Zum Unterricht empfing mich das Hausmädchen, eine schmale Gestalt in Schürze. Sie nahm meine Jacke und ging mir voran durch den Flur. An der Tür zum Musikzimmer blieb sie stehen. Ich klopfte. Wir warteten still. Dann nickte das Hausmädchen, wies auf die Klinke und verschwand.
Meine Lehrerin lag auf dem Sofa. Sie hob den Kopf, wenn ich eintrat. Ihr Blick, ein noch unentschlossenes Farbgemisch, folgte mir in den Raum. Ich stellte den Koffer zwischen Tisch und Klavier, packte aus zwischen Grün und Blau und unzähligen Notenstapeln. Wie geht?, fragte meine Lehrerin. Geübt? Schweigend stimmte ich die Saiten.
Mein Platz war in der Mitte des Zimmers. Hinter mir stand eine gläserne Vitrine. Es waren Wodkaflaschen darin. In der größten schwamm eine tote Schlange. Manchmal, während der Etüden, spürte ich ihren leblosen Blick. Es kam vor, dass sie sich bei den Tonleitern um meinen Knöchel rankte. Ich ließ mir nichts anmerken, fuhr mit Dreiklängen fort, spielte Terzen, Oktaven, die Schlange zischelte. Zu den Quinten erreichte sie meist meinen Oberschenkel. Ihre Haut war ledern, sie stank nach Schnaps.

Bei der Sonate geriet meine Lehrerin in Bewegung. Sie glitt vom Sofa, Russisches murmelnd. Auf ratternden Wortketten durchquerte sie den Raum. Ihre Glieder umschlangen meine, sie legte mir Finger an die Stirn, strich über Schläfen und Hals und zerrte an meinem Kragen. In den Rücken drückte sie mir und stupste prüfend gegen Schultern und Ellenbogen, versetzte Stand- und Stützbein, strich mir über die Wangen und schlug auf das Gelenk der Bogenhand. Ich wusste nie, wo sie sich befand, hörte nur den russischen Silbenstrom mich umkreisen, spielte und zuckte lediglich, wenn sie mir Haare ausriss.

Für den abschließenden Konzertsatz trat sie zurück. Ich spielte, wie ich zugerichtet war. Das Stück gelang mir selten. Erst nach dem Schlussakkord sah ich auf. Meist waren ihre Augen blau geworden, dann schimpfte sie noch in den Nachhall, lief fluchend, sich selbst bruchstückhaft übersetzend hin und her und notierte, woran ich zu arbeiten hätte. Nur selten war ihr Blick grün. Dann nickte sie, als hätte sie es geahnt, und ließ sich erschöpft aufs Sofa sinken, Moladjez, seufzte sie leise, was, wie sie erklärte, Prachtkerl hieß.

Manchmal begleitete mich Vater zum Unterricht. Vom Hausmädchen war in diesen Stunden nichts zu sehen. Meine Lehrerin öffnete uns. Mich zog sie herein, Vater fauchte sie an, und gelegentlich biss sie in seine zur Begrüßung ausgestreckte Hand.

Ihm wurde ein Stuhl neben der Vitrine zugewiesen. Ich spielte wie gewohnt mein Programm. Meine Lehrerin nahm auf dem Sofa Platz, doch fand sie keine Position, in der sie verharren konnte. Schon während der Etüden sortierte sie ihre Gliedmaßen beständig neu. Bei den

Tonleitern begann sie zu murmeln. Ich spielte Dreiklänge, spielte Terzen, Oktaven, meine Lehrerin knurrte und warf Kissen durch den Raum. Mitten in der Sonate sprang sie auf, riss Vater vom Stuhl und schleifte ihn aus dem Zimmer. Die Tür fiel ins Schloss. Ich hatte weiterzuspielen. Den Konzertsatz gab ich allein für die tote Schlange, die unbeeindruckt in ihrer Flasche blieb. Von Zeit zu Zeit stürmte meine Lehrerin herein, kniff mich härter als gewöhnlich, drückte und schob gegen meinen Körper und verdrehte mir den Arm, dass ich vor Schmerz keuchte, dann stürmte sie wieder hinaus.

Am Ende dieser Stunden war sie zufrieden mit mir. Sie sagte Moladjez und fasste mich an den Schultern. Ihre grünen Augen ruhten auf Vaters wirrem Lockenrest. Ich zog meine Jacke an, er gab ihr die Hand, diesmal griff sie danach, und ich sah, dass er fest zudrückte.

20:31, Carla
felix wo bist du? gruß c

20:35, Carla
felix ich weiß nicht wo du steckst. oder was du dir denkst. auf jeden fall ist es unsinn. komm raus. komm her jetzt. gruß c

Ich mag diese Stille.
Sie ist künstlich. Nicht zu vergleichen mit natürlicher Stille, der auf einer Bergspitze etwa, oder der am Grund des Meeres. Die Tiefe einer Stille ist an Geräuschen zu erkennen, den wenigen, die unvermeidbar sind. Wie man die Stärke des Lichts an der Schwärze der Schatten misst, messe ich die Stille an Atemzügen, horche meinem Herzschlag nach, der Vibration des Telefons. Ich lausche. Alles hallt, alles deutet darauf hin, dass die Zeit in diesem Raum unendlich langsam vergeht.

20:39, Carla
ich sage: keine sorge. er ist gleich da. schon auf dem weg. ich lüge. ich muss für dich lügen felix! was soll ich sagen? was sage ich jetzt?

Carla sagte nichts. Als ich sie das erste Mal sah, lehnte sie an der Tischkante, zwischen Essiggurkendekoration und einer Platte Vitello tonnato. Sie schürzte die Lippen, wie zum Beweis, dass ihr Schweigen ein abfälliges war.

Ich lernte sie auf einer Tagung zur deutschen Gefäßchirurgie kennen. Wir waren beruflich dort; ich, weil die Kongressorganisation im Vorfeld eine formelle Anfrage an das Konservatorium gerichtet hatte. Man suche ein Streichquartett, um für einen harmonischen Ausklang der Vorträge zu sorgen. Ich hatte Bedenken geäußert, man hatte mich überstimmt: Mrasek, Chang und Lodenreiter sagten, es gebe gutes Geld. Außerdem: Der Abschluss rücke näher. Vielleicht sei das unsere letzte Gelegenheit, gemeinsam aufzutreten.

Ich bereute meine nur halbherzige Gegenwehr, als uns eine Frau mit Uniform und Pferdeschwanz durch die Eingangshalle führte. Im Zickzack marschierte sie zwischen anthrazitfarbenen Säulen hindurch. Wir beeilten uns, Schritt zu halten, und trugen unsere Instrumente nach, als hätten wir sie geklaut. Ein Schild an der Wand behauptete *Centre for Dialogue*, und von der Decke hingen abstrakte Glaskonstrukte, die jede Note in schrille Einzelteile spalten würden.

Der Pferdeschwanz wedelte zielstrebig ans Buffet. Vor den Biertischen waren vier Klappstühle aufgebaut. Unser letzter Auftritt, eine akustische Trennwand zwischen Doktoren und belegten Weißbrotscheiben. Wir sollten dann, rief die Frau, einfach drauflosspielen. Ihre Absätze klackerten hämisch davon. Ich nickte in Richtung der Mitspieler, Mrasek, Chang, Lodenreiter, nickte ich, da sind wir, das ist er, der Tiefpunkt.

Wir hatten kaum unsere Notenständer postiert, die Knöpfe unserer Jacketts geöffnet, als die Türen zum Vortragsraum aufplatzten. Eine Horde erlöster Gefäßchirurgen strömte in den Saal. Laptops wurden im Laufschritt verstaut, Collegeblöcke ragten aus Handtaschen. Eine Welle von Heißhunger schlug uns entgegen. In unserem Rücken quollen Tabletts über vor Häppchen, wir bewahrten Haltung, wir, auf Deck eines sinkenden Luxuskreuzers, die hoffnungslose Geste des Streichquartetts. Die Fluten würden unweigerlich über uns zusammenschlagen, für Rettungsboote war es zu spät. Trotzdem hob ich die Geige, ich wollte nicht kampflos untergehen, als sich ein Greis freischwamm, aufs Podium trat und in ein gleichaltriges Mikrofon krächzte. Es gab heftige Rückkopplungen. Seine Hände zitterten, kaum vorstellbar, dass sie je ein Skalpell geführt hatten, er brachte Namen durcheinander, verschluckte sich und nannte uns eine kleine kulturelle Einlage. Die bordeauxrote Krawatte schnitt ihm zur Strafe tief in den faltigen Hals. Dann trat er ab, wir spielten los, in mühsam bewahrte Ruhe hinein, die nur von dem Entschluss gestützt wurde, alles, was der Nahrungsaufnahme im Weg stand, schnell und gnadenlos wegzuapplaudieren.
Nach jedem Satz, manchmal auch in taktlangen Pausen, brandete Beifall auf. Wir spielten schlecht. Es half nicht, dass die Menge in Trippelschritten näherkam. In der ersten Reihe glänzten die Mundwinkel, mahlten unverhohlen die Kiefer. Eine Professorin mit dünnem Haar vergaß die akademische Disziplin und knabberte an ihrem laminierten Namensschild. Dahinter scharrten Füße, knurrten Mägen, ich zischte Lodenreiter zu.

Mrasek und Chang signalisierten Verständnis. Wir sprangen zum letzten Stück. Noch in den Anfangsakkord schoss einer Hostess der erste Sektkorken aus der Hand. Es schäumte voreilig, wir hetzten durch das Presto hinterher, spritzten Achtelketten über die Menge, die Glaskonstrukte funkelten dazu, in vorderster Front wippten Kehlköpfe einen immer rasanteren Takt und am anderen Ende des Saales trugen gelbhemdige Helfer gemächlich die Schautafeln des Vortrags nach draußen. Auf breiten, detailreichen Abbildungen wanderten Querschnitte verstopfter Arterien vorbei. Während wir schwitzten, während wir schnell und schneller wurden, zogen Großaufnahmen fettumrankter Lebern über den Rand des Notenblatts hinweg. Ein abgetrenntes Raucherbein wurde aus dem Dienst entlassen und hinkte erleichtert hinaus.

Wir stolperten in den Schlussakkord. Das Klatschen ging nahtlos in Fußgetrappel über. Die Ärzte stürmten das Buffet, ehe der Greis eine Chance hatte, es feierlich freizugeben. Mrasek zog mich gerade noch zur Seite. Wir verstauten die Instrumente in einer Ecke des Saales. Chang und Lodenreiter wischten sich Schweiß von der Stirn. Trotzdem beschlossen sie, noch Delikatessen zu ergattern, wenigstens das, und wir drängten gemeinsam zurück in das Gewühl. Allerdings brachte ich schon nach wenigen Bissen von einem ölig glänzenden Antipastitablett keinen Appetit mehr auf. Deshalb stand ich abseits, allein, während die Mitspieler vor den Desserts mit Weizenbier anstießen.

Zu spät bemerkte ich die ältere Dame, die zwischen den Säulen auf mich zuhielt. Ihr blondierter Haarturm kam ins Wanken, als sie wenige Zentimeter vor mir stehen blieb. Sie trug einen unaussprechlichen Doppelnamen zu einem Kleid, das in den Farben einer grell ausgeleuchteten Herbstlandschaft schillerte. Es habe ihr, posaunte sie, wahnsinnig gut gefallen. Bevor ich mich wehren konnte, packte sie mich am Arm und schwärmte, wie schön sie es finde, wenn junge Leute klassisch musizierten. Ich zuckte und sie ließ mich los, allerdings nur, um ihren Ausschnitt ins Licht zu rücken. Gleich griff sie wieder zu, zog mich mit sich und versicherte, selbst begeisterte Pianistin zu sein. Bis heute sei ihr großer Kummer, dass ihre Tochter das Spielen aufgegeben habe. Durch Klavierspielen entwickele sich das Gehirn! Deshalb versuche sie, wenigstens dem Enkel Freude daran zu vermitteln, aber, ich solle mir vorstellen, man wünsche das nicht, man verbiete es ihr. Ungeheuerlich, nicht wahr?

Wir waren, ohne dass ich wusste wie, beim Gemüse angelangt, wo sie einen vorgewärmten Teller mit Tomaten und Auberginen belud. Ungeheuerlich, sagte sie, alles liege an diesem Mann, dem Mann der Tochter, sie habe es immer schon gesagt. Ein Mann, der zwar kein schlechter, aber doch ein verschrobener Mensch sei, Musik gegenüber, das spüre sie, feindlich eingestellt. Gleich morgen, fuhr sie fort, werde sie ihrer Tochter erzählen, wie schön wir gespielt hätten. Vielleicht gehe ihr dann auf, was man erreichen könne, wenn man bei der Stange bleibe, vielleicht erlaube sie dem Enkel den Musikunterricht dann doch. Ich stimmte zu, ich ließ mich mitziehen, ich ahnte einen Auftrag am Ende des Redeschwalls, eine bezahlte Gelegenheit, ich übte mich in Geduld und dachte, Mrasek, Chang und Lodenreiter schuldeten mir hierfür ihr Weizenbier. Ich nickte, ich zeigte mich einverstanden, und dann trafen wir Carla.

Carla sagte nichts. Sie schwieg auffallend streng. Auf der Rundung ihres Kinns verharrte ein Lichtschein, es sah aus, als verharre er grundsätzlich dort. Meine Begleiterin hatte Krabben auf ihrem Tellerrand drapiert. Ihre Turmfrisur hüpfte durch endlose Satzkonstruktionen voran, und nun machte es ihr Carlas am Tisch lehnender Körper unmöglich, Forellenfilets zu erreichen. Sie stutzte. Ach, Carla!, rief sie dann, griff stattdessen zum Serviettenstapel und rupfte eine Handvoll herunter, bevor sie zurück in ihre Beschreibung des Gesichtes ihres Enkels fand, von dem sie ausgerechnet heute kein Foto bei sich trage, der aber ihrer Ansicht nach über exakt die gleiche Nase verfüge wie Riccardo Muti. Wie Riccardo Muti!, rief sie und stampfte beglückt. Ich sah Carla an, sah den Lichtschein auf ihrem Kinn und blieb stehen.

Unvermittelt bildeten wir eine Gesprächsrunde, zusammengehalten von der Beschaffenheit der Enkelnase, von Ausführungen darüber, dass eine große Nase große künstlerische Neigung zeige, von der Geschichte der Nase in der Musik. Es wurden prominente Beispiele genannt, es wurde die verkümmerte Nase der Tochter thematisiert. Ich vergaß zu nicken. Carla stockte. Wenigstens wirkte es so, obwohl sie in keiner Bewegung innehielt. Sie unterbrach lediglich die Betrachtung des unsichtbaren Panoramas, in das sie vertieft gewesen war, und blinzelte. Es wurden in einem Atemzug weitere Unsinnigkeiten über Nasen und Haare und Hände verbreitet, es wurden körperliche Gemeinsam-

keiten einer ganzen Epoche aufgezählt und in Enkelbezug gebracht, ohne dass ich Einzelheiten wahrnahm, weil mir Carlas Haar auffiel, das dunkelrot war, frisch getönt und glänzend in einem Farbton, den ich sonst eigentlich nicht mochte. Mir fiel ein Leberfleck an der Stirn auf, mir fielen Grübchen auf, ein schmaler Hals und mein Drang, ihren Nacken entlangzustreichen. Mir fiel der Winkel auf, in dem ihr Handrücken an der Hüfte lehnte. Mir fiel ihre Hüfte auf und die Pfütze aus Vitello tonnato, die an der Essiggurkendekoration vorbei über die Tischplatte sickerte, wo sie in wenigen Sekunden Carlas Kostüm erreicht haben würde.
Vorsicht!, rief ich.
Die ältere Dame verstummte verdutzt. Ich zeigte auf die Thunfischlache. Carla tat einen Schritt nach vorn und blickte über die Schulter, wo die Lache beinahe den Tischrand erreicht hatte. Sie schnaubte, stellte ihren Salatteller neben die Heringsschüssel und ging.

Als Carla sprach, tat sie es so klar und unmissverständlich, wie sie zuvor geschwiegen hatte. Sie redete laut und langsam. Ich verstand kein Wort.
– Wie bitte?
– *Das – macht – nichts.*
Von den Gabeln der Ärzte lappten Spinatblätter und Carpaccioscheiben, darüber türmten sich Bohnen, Radieschen, Lachs und Nudeln, Brocken von Käse und Schwein. Der Frau mit dem Doppelnamen war ich unter einem Vorwand entkommen. Ich bewegte mich durch die weidende Herde und schlug einen Bogen, wenn ich sie sah, doch sie hatte inzwischen zwei cordbewehrte Medizinstudenten gefunden, die ihr hilflos lauschten.

Carla stand allein. Sie trank Mineralwasser in vernichtend kleinen Schlucken. Wurde sie trotzdem in ein Gespräch verwickelt, gab sie Antworten, knapp wie platzende Kohlensäurebläschen, und wandte sich bei der ersten Gelegenheit ab. Ich wechselte häufig den Platz. Sah ich sie an, zählte ich die Sekunden, um nicht ins Starren zu geraten. Sie besaß nichts von jener natürlichen Eleganz, die mich sonst faszinierte. Dagegen schien sie Freude an ruppigen Umgangsformen zu haben. Ich fürchtete, sie könnte gehen, ehe ich herausgefunden hatte, worin ihre Anziehungskraft bestand. Einige Male setzte mein Herzschlag jäh aus, weil ich dem Geheimnis auf der Spur zu sein glaubte, doch stets schob sich im letzten Moment ein ausladender Chirurgenkörper davor, dem Nachschub entgegen.
Tatsächlich verlor ich Carla aus dem Blick. Ich hielt Ausschau und erschrak, als ich durch unwägbare Verschiebungen innerhalb der gefräßigen Masse plötzlich vor ihr zum Stehen kam. Mir blieb nichts anderes übrig, als uns zu überrumpeln. Es tue mir leid, sagte ich, sie zuvor aus ihren Gedanken gerissen zu haben, als sich eine Thunfischlache ihrem Kostüm habe annähern wollen. Meine Bemerkung lief mir als Schauer den Rücken hinab. Die Ärzte, die Teller, die anthrazitfarbenen Säulen lösten sich auf.
– Entschuldigung. Wie bitte?
Obwohl ich ihre Antwort, *Das – macht – nichts*, beim zweiten Mal verstanden hatte, rutschte mir die Frage erneut heraus. Carla runzelte die Stirn. Eine dritte Erwiderung konnte ich nicht erwarten. Bevor ich mir der peinlichen Situation bewusst wurde, rettete uns eine Gruppe angeheiterter Gefäßspezialistinnen, die

kreischend zum Sturm auf das Kuchensortiment blies und jede Unterhaltung niedertrampelte.
Ich begriff unmittelbar, warum sie selten sprach. Ihre Stimme traf mich empfindlich. Sie fuhr mir ins Mark, wie Klang, der Sinn ergibt. Carla wurde greifbar, das Rätsel ihrer Erscheinung auf wundersame Art gelöst. Dabei passte die Stimme nicht zu ihr, stand im Gegensatz zu ihrer rüden Art und einer verhärteten Wangenpartie. Zwischen ihrem Auftreten und ihrem Ton klaffte ein Graben, und es gab nichts Dringlicheres, als mich, den Kopf voran, hineinzustürzen, um ihn zu erforschen.
– Und Sie haben auch wirklich keinen Fleck am Rücken?
Später mochte sie es, wenn ich sie siezte. Ich mochte ihren Nachnamen nicht, ich sagte Sie, Carla, und im Gegenzug nannte sie mich nicht beim Vornamen, duzte mich aber. Hasenmeister, kauf Wein. Hasenmeister, mach das Fenster zu. Komm her, Hasenmeister, lass dich nicht bitten und hör auf, mich so anzusehen. Felix sagte sie erst, als sie begann, Dinge ernst zu meinen. Felix, wir sollten darüber reden. Du kannst so nicht weitermachen, Felix. Es geht nicht, Felix, verdammt noch mal, siehst du nicht, wo das hinführt?
– Nein.
Die Unterhaltung schien damit für sie beendet. Ich stand da, ich hatte nur ein Getränk, um mich festzuhalten, ich nahm einen Schluck und vergaß im selben Moment, wonach es schmeckte. Carlas Stimme. Auch als sie auf mir saß, den Oberkörper zurückgelehnt, als sie sich unendlich langsam bewegte, traf sie diese Frequenz, die mich immer in ein starres, andächtiges Staunen versetzte. Das gelbe Licht der Hotellampe ließ ihre

Sommersprossen an Bauch und Schenkeln stärker hervortreten, und die schattigen Blumenmuster eines geschmacklosen Lampenschirms rankten sich dazwischen hinauf. Meist war sie still, schob sich vorsichtig hin und her und hielt die Augen geschlossen. Ich betrachtete ihre Schultern, ich griff nach den Händen und hielt sie, ich freute mich wie ein Kind über ein Seufzen oder ein verlegenes Räuspern, das sie von sich gab, bevor sie jenen geheimen, komplizierten Rhythmus gefunden hatte, dem sie sich anvertrauen konnte. Dann war sie völlig in sich gekehrt, reckte den Kopf und begann zu murmeln, ein Flüstern erst, das anschwoll, zunahm mit der Geschwindigkeit ihres Beckens, nie konnte ich etwas verstehen, lauschte gebannt den fremdartigen Beschwörungsformeln und spürte, wie ich die Hände losließ. Was sie sagte, wusste sie nicht. Sie redete wie im Schlaf. Carlas Stimme machte sich selbstständig, und wir folgten ihrer Eingebung, beide berauscht von den immer rascheren Lautfolgen, die emporkletterten bis zu einem kurzen, erschrockenen Aufschrei, gefolgt von einem Kichern, und ich blinzelte, ich sah Carlas weiße Gestalt vor einer verschwommenen Tapete, ich hatte am ganzen Körper eine Gänsehaut.

– Gut. Kein Fleck also.

Umgeben von Lachen, von klapperndem Besteck standen wir nebeneinander. Ich dachte verzweifelt an ähnliche Situationen, in denen ich immer etwas Bestimmtes gewusst zu haben schien, das mir ausgerechnet jetzt vollkommen entfallen war. Als wäre das nicht genug, war nun auch mein Glas leer, ich bemerkte es gerade noch rechtzeitig, als ich ansetzen wollte, und

um die Bewegung nicht abzubrechen, stellte ich es ungelenk auf einen benachbarten Tisch. Mir kam keine bessere Idee, als Carla verstohlen anzusehen. Trotzdem sah ich in aller Deutlichkeit ihr sanft geschwungenes Profil. Mir fiel ihr Wangenknochen auf, ein kleines Loch am Ohrläppchen. Mir fiel eine zart schimmernde Ader auf, deren Spur sich im Haaransatz verlor, mir fiel auf, dass sie nach oben sah. Ihr Blick hatte etwas Zwingendes. Ich folgte ihm. Die abstrakten Glaskonstrukte schwebten über uns wie erstarrte Fabelwesen. Wenn das Festessen ein Ende fand, wenn niemand mehr hier war, würden sie klirrend die Flügel spreizen, kreisen, herabstoßen und sich gierig über die Reste hermachen.
– Unheimlich, oder? Ich dachte, während wir spielten, eins dieser Dinger könnte herunterfallen.
– Tatsächlich?
– Ja.
– Glauben Sie, die haben einen Musikgeschmack?

Als Carla sprach, tat sie es so klar und unmissverständlich, wie sie zuvor geschwiegen hatte. Ich hätte ihr gern gesagt, dass sie nur weitersprechen solle, fortfahren mit was auch immer ihr in den Sinn käme, ihre Stimme schließlich sei mehr Musik, als wir den ganzen Abend zustande gebracht hätten. Ohnehin, hätte ich gesagt, sei es nicht möglich, zu solchen Anlässen Musik zu erzeugen, wir verkämen zum guten Ton und nähmen von älteren Damen Komplimente entgegen, wie man sie buschigen Pudeln macht. Trotzdem verbrächten wir Jahr um Jahr mit einförmigen Übungen für bestürzend wenige handverlesene Momente der Erfüllung, und dann tauche jemand wie sie auf, hätte ich gesagt,

dann sei sie plötzlich da, wie eine jener Passagen, in denen ich mich manchmal aufzulösen meinte vor Glück, und meine größte Angst wäre, sie könnte sich als ebenso flüchtig erweisen. Das sei vielleicht ein bisschen viel, hätte ich gesagt, und es tue mir leid, wenn ich Unsinn redete, aber sie verwirre mich, ungemein, wie sie merke, und ich müsse dieser Verwirrung unbedingt nachgehen, weshalb wir, wenn sie einverstanden wäre, so schnell wie möglich von hier verschwinden sollten.
– Ich dachte, wenn ich nur die richtige Frequenz treffe, dann zerspringen sie alle auf einmal. Das Essen wäre von den Glassplittern ruiniert.
Carla sah mich an, als müssten sich ihre Augen an mich gewöhnen. Dann, es dauerte Stunden, lächelte sie. Eine gellende Rückkopplung zerschnitt den Raum. Der Greis war wieder ans Mikrofon getreten. Seine Krawatte zierten Senfreste. Er wies auf das Programm des morgigen Tages hin. Wir wandten uns gemeinsam zum Podium.

21:12, Carla
WO

21:12, Carla
BIST

21:12, Carla
DU

21:13, Carla
?

Auf dem Gipfel, dem Meeresboden gehen Geräusche verloren. Sie werden, so stelle ich mir vor, von der gähnenden Weite verschluckt. Hier dagegen ist es eng. Kein Rascheln kann fliehen, kein Schaben, kein beiläufiges Ächzen und Knirschen kommt ungehört davon. Würde ein Käfer über das graue Linoleum trippeln, es klänge wie der Marsch von Ministranten durch eine Kathedrale. Im Klavier knackt es. Ein Surren entsteht, wenn ich den Stoff meines Anzugs reibe. Mein Magen blubbert. Der Fußboden quietscht bei jeder Regung der Sohlen. Die Müsliriegel wispern einander Kraft und Gesundheit zu.

Mein zweiter Lehrer saß in seinem Korbstuhl. Es war ein altes Möbelstück, ein Thron, dessen Streben bei jeder Bewegung knarzten. Mein Lehrer verließ ihn selten. Er sah darin noch schmaler aus. Zwei weitere Männer seiner Statur hätten bequem neben ihm Platz gefunden.

Der Stuhl stand in der Mitte des Zimmers. Ich musste aufblicken. Er tätschelte mir den Kopf. Seine Wände waren über und über mit Instrumenten behängt. Neben Geigen in allen Größen gab es Bratschen und Celli, Klarinetten, Oboen, Flöten und Fagotte. In der Ecke lehnte Mutters Kontrabass. Den hatten wir für meinen Unterricht in Zahlung gegeben. Mein zweiter Lehrer machte uns einen guten Preis.

Das graue Haar stand ihm wie Draht vom Kopf. Er mochte es, wenn ich staunte. Zu meiner ersten Stunde hatte er mich in das obere Stockwerk seines Hauses geführt. Dort hortete er Triangeln, Pauken und Gongs, Trompeten, Posaunen und Tuben, Schlagzeuge neben Harfen, eine Orgel, zwei Cembali, Saxofone, Marimbafone, Hörner, Rasseln, Klaviere. Ich machte große Kinderaugen. Er verfügte über die Ausstattung einer gehobenen Philharmonie. Jetzt, sagte mein zweiter Lehrer, sei aber Schluss. Wir hätten zu arbeiten.

Mein zweiter Lehrer malträtierte seinen Korbstuhl. Er sprang darauf herum. Er stampfte auf und drückte gegen die Armlehnen, dass sie sich kreischend bogen. So, sagte er und fuchtelte nach mir, so sei kein Staat zu machen. Oistrach habe so spielen können, aber der habe die Kraft eines Büffels gehabt. Ob ich ein Büffel sei? Na also. Er nahm eine Geige von der Wand und demonstrierte: das Handgelenk tiefer, hier. Den Ton nicht mit

Druck erzeugen. Das Gewicht des Bogenarms nutzen. Und das Vibrato: keinesfalls aus dem Unterarm! Woher sonst? Mein zweiter Lehrer lachte. Nach Möglichkeit aus der Seele, sagte er.

Es war Frühling, als ich zu ihm kam. Zuerst ließ er mich Klangfläche werden. Ich müsse mit der Geige verschmelzen, jede Phrase eine Melodie. Er sprach von Linien und Flussrichtungen, er schwebte durch den Raum und winkte, während ich spielte, den Blütenpollen nach, die durch seinen Garten tanzten.

Im Sommer wurde er pedantisch. Meine Finger müssten ein Uhrwerk sein. Mechanisch, vollkommen fehlerlos, in der linken Hand gebe es kein Fast. Es gebe kein Vielleicht und kein Beinahe, ich müsse üben, sagte er, jeden Millimeter zu treffen, den ich treffen wolle. Die Sonne schien strahlend durchs Fenster und leuchtete Schwachpunkte aus. Präzision!, schimpfte mein Lehrer. Er fluchte und sprang auf seinen Korbstuhl, der Korbstuhl knarzte erbost.

Im Herbst griff ich Akkorde, immer dieselben, ich griff sie im Schlaf. Erst wenn eine Serie fehlerlos war, bekam ich neue zu üben. Wer etwas von Klang verstehe, sagte mein Lehrer, verstehe auch etwas vom Leben. Er huldigte der Harmonie und hieß mich über Wochen, nie eine Saite allein anzustreichen, bis alle Töne zueinander passten, die es auf meiner Geige gab.

Meine letzte Stunde hatte ich im Winter. Vater fuhr mich, weil mein Fahrrad in der dichten Schneedecke stecken blieb. Wir parkten so nah wie möglich am Haus und kämpften uns durch das Flockengestöber. Mein zweiter Lehrer wartete in der Tür. Er war besorgt. Das Klima erregte ihn. Im Sommer werde es

heiß, im Winter kalt! Wie solle man so eine vernünftige Temperatur finden? Holz sei sensibel! Er fürchtete um seine Sammlung.
Wir folgten ihm in das Korbstuhlzimmer. Drin war es unerträglich warm. Er hatte alle Heizungen auf die höchste Stufe gestellt. Ich rieb mir die Hände, packte aus und spielte. Ich hatte geübt. Meine linke Hand war ein Uhrwerk, ich verschmolz mit der Geige und griff mit äußerster Präzision. Jede Phrase war Melodie, ich strich die Akkorde, wie sie noch niemand zuvor gestrichen hatte, doch mein Lehrer schien taub geworden zu sein.
Auf seinem Korbstuhl ritt er durchs Zimmer. Die Streben knackten wie brechende Schlüsselbeine. Hier liebkoste er eine Klarinette, befühlte dort eine Bratschenflanke, legte das Ohr an den Kontrabass, bis Vater mir die Geige wegnahm. So gehe es nicht. Ob man sich wohl auf den Unterricht konzentrieren könne? Mein Lehrer streichelte Flöten. So gehe es nicht! Entschlossen legte Vater das Instrument in den Koffer zurück. Mein zweiter Lehrer schnaubte. Eine Geige wie meine, sagte er, sei nicht empfindlich genug, um wetterfühlig zu sein. Vater erklärte ruhig, diese Geige habe er selbst mit großem Erfolg gespielt. Es handele sich zweifellos um ein hervorragendes Exemplar. Mein zweiter Lehrer kicherte. Natürlich, sagte er.
Behände schwang er sich auf die Beine, lief zur Bratsche und zupfte einen Ton. Am gegenüberliegenden Ende des Zimmers blies er in ein Fagott. Dann in die Oboe. Vater baute sich vor mir auf. Mein Lehrer rannte kreuz und quer, er meckerte, schlug Töne an, tat hier einen Strich, spielte dort ein paar Laute, wirbelte, rief: Natürlich!

Ein Summen setzte ein. Das Geräusch irrte zwischen den Wänden umher, schwoll an, wandelte sich. Aus einzelnen Tönen wurden mehrere, sie zerfaserten, wie ein Lichtstrahl im Prisma, und der Raum verschwamm. Vater schob mich zur Tür. Die Gestalt meines Lehrers schlug Wellen. Natürlich!, schrie er uns nach.
Draußen war es noch kälter geworden. Ich klammerte mich an den Geigenkoffer und stolperte vorneweg, während Vater mit großen Schritten den Weg hinunterstapfte. Das Haus meines Lehrers dröhnte. Er musste im oberen Stockwerk sein. Ich konnte Triangeln hören, die Becken, den Gong, dumpf hämmernde Paukenschläge. Wir stiegen ins Auto. Der Schall schlug die Türen zu. Im Rückspiegel sah ich ein Fenster bersten. Vater startete den Motor. Noch als der Wagen auf die Schnellstraße bog, zitterte seine Radioantenne wie ein verängstigtes Tier.

21:34, Carla
du bist gegangen felix. man hat dich gesehen. man sagt du kannst dich nicht in luft aufgelöst haben. mach mir nichts vor! gruß c

Ich mag diese Stille.
Der Raum ist ihr Reich. Ein bescheidenes. Es misst vielleicht fünf Meter Länge, in der Breite eher nur zwei. Statt mit Gold und Silber geschmückt, sind seine Wände beige und kahl. Doch die Stille regiert bedacht. Sie hält die Grenzen und schützt ihre Untertanen.
Ich mochte meine Geräusche nie. Wie es Menschen gibt, die ihren Geruch nicht mögen, war mir stets unangenehm, was mein Körper an Lauten von sich gab. Gleichgültig, ob es das Aufeinanderklappern der Zähne war oder das Schnalzen im Ohr, wenn ich schluckte, das Einrasten der Fingergelenke, das leise Schmatzen, mit dem sich die Zunge durch die Mundhöhle bewegt, ob das Scharren der Bartstoppeln oder das Knistern des Urinstrahls in der Schüssel. Oft ließ ich mich vom eigenen Luftholen unterbrechen oder sagte erst gar nichts, weil mich der Gedanke an das Glucksen im Gaumen schreckte. So war es immer. Im täglichen Lärm, zwischen dem Klingeln der Straßenbahnen, dem Fauchen der Kaffeemaschinen, kam ich mir selbst laut vor. Erst hier, fern der Alltagssirenen, wo jedes Räuspern in einen Rahmen fällt, hier ertrage ich mich.
Carla könnte das kaum verstehen. Seltsam, warum ich meinen Herzschlag nicht mehr als störend empfinde, wenn ich ihm ausgesetzt bin. Ich weiß, dass man im Rückblick oft eine vermeintliche Schicksalsfügung

erkennt. Man verklärt Zufälle. Aber vielleicht schwieg ich auch aus einer Ahnung heraus.
Vielleicht, Carla, habe ich dir nie von diesem Ort erzählt, damit du mich heute, hier, nicht findest.

Solange sie mich beim Nachnamen nannte, wartete Carla in einem Hotelzimmer auf mich. Sie buchte für uns in der Mittagspause, bevor ihre zweite Schicht im Krankenhaus begann. Die Zimmernummer schrieb sie mir abends. *46. gruß c.* Ihre Grüße fand ich albern, seit wir einander nackt gesehen hatten, doch Carla bestand darauf: Sie habe, allein beruflich, so viele Menschen nackt gesehen, dass sie wisse, es sei noch lange kein Grund, den Anstand zu verlieren. Ich schrieb mit Grüßen zurück.
Ihr Mann arbeitete in derselben Klinik, aber in einem anderen Flügel. Er war Chef seiner Station, und mehr, sagte Carla, brauchte ich auch nicht zu wissen. Sie trug einen Ring, gebürstetes Silber, richtiger Finger, falsche Hand, streng genommen, aber wenn sie ihre Ehe streng nähme, wäre sie, sagte sie, nicht hier.
Hatte sie ein Wort gesagt, brachte ich keins mehr heraus. Jede Woche wartete ich auf ihre Nachricht, wusste nicht, ob ich ängstlich oder vorfreudig war, zog ständig das Handy aus der Tasche, weil ich es vibrieren spürte, und legte meine Aufregung erst mit den Kleidern ab. *83. gruß c.*
Das Hotel lag am Stadtrand, eine halbe U-Bahn-Stunde entfernt. Es war kein billiges, aber auch keines der oberen Klasse. Mir fehlte Erfahrung in solchen Dingen. Mir fehlte Gelassenheit, um einem Portier im Vorbeigehen zuzunicken, der mein Gesicht mit keiner Reservierung in Verbindung bringen konnte. Mir fehlte die Weltläufigkeit, um mit teuren Teppichböden umzugehen, mit schmalen Fluren und Lampen in Kerzenform, mit Schildern, die man an Türklinken hängte, und dem Geräusch des Staubsaugers, das morgens aus dem

Nachbarzimmer drang. Natürlich bleiben wir über Nacht, Hasenmeister. Was hast du gedacht, dass wir hier ein paar Minuten kurzatmige Alltagsflucht betreiben und dann fahre ich wieder zu meinem Mann?
Ihr Gesicht entfiel mir. Es dauerte lange, bis ich es auch in ihrer Abwesenheit vor mir sah. Dafür ertappte ich mich bei dem Gedanken an ihren Körper, einzelne Sätze, ich roch ihr Parfum. Wenn ich übte, kam es vor, dass sie auftauchte und ohne Warnung die Tonart wechselte. Ich musste Pausen einlegen. Carla kam mir dazwischen. Zuweilen glaubte ich, sie sprechen zu hören, absurde Sekunden, in denen mir ein Ton gelang, der die von ihr besetzte Klangfarbe in meinem Gedächtnis streifte, und ich versucht war abzubrechen, nachzufragen, was haben Sie gesagt?
Es geschah vor allem, wenn ich erschöpft war. Werktags hörte ich abends oft alte Aufnahmen. An die Stücke erinnere ich mich nicht mehr, aber es waren unscheinbare Passagen, das Zwischenspiel in einer Klaviersonate, eine Überleitung im Holzbläsersatz, die sie aus dem Nichts besetzte, als hätte sie die Stelle komponiert. Manchmal störte es mich, ich wollte mich beschweren, doch als wüsste sie, was ich sagen würde, unterbrach sie mich stets schon im Ansatz. Sie blickte dann streng und schüttelte beschwörend den Kopf. Ich verstand nicht warum, aber schwieg.
Carla verriet nie, wie lange sie wartete. Stets öffnete sie die Zimmertür, als käme ich zum vereinbarten Zeitpunkt, stets war sie bekleidet, hatte nur die Schuhe ausgezogen und ordentlich neben das Bett gestellt, was ich, ohne es erklären zu können, seltsam fand. *211. nimm den fahrstuhl. gruß c.* Wenn wir danach nebeneinander-

lagen, wollte sie etwas aus der Minibar. Meine Rechnung, meine Regeln, Hasenmeister. Sie ging duschen. Meist kam sie derart erfrischt zurück, dass Gespräche überflüssig waren. Von sich sprach sie ohnehin nie. Auch das, was ich ihr aus Verlegenheit von mir erzählte, ließ sie kommentarlos vorüberziehen. Ich hielt das Geplapper des Fernsehers nicht aus, ging ans Fenster, überlegte, mit mir selbst zu reden, schlug vor, in die Stadt zu fahren, in eine Bar, ein Casino, einen vollbesetzten Kinosaal. Carla wollte nicht und wollte nicht, dass ich allein ging. Morgens war sie lange vor mir wach und kämmte sich, auf der Bettkante sitzend, die Haare. Sie trug bereits Schuhe und den Rest, sie wartete, bis ich im Bad war. Eine Nachricht suchte ich später vergebens.

Ich sammelte die Streichholzschächtelchen. Von jedem Zimmer nahm ich eines mit. Um Feuer zu machen, waren sie nutzlos, billig produziert, die Zündfläche löste sich von der Pappe, jedes Anreißen hinterließ Striemen darauf, und bald waren sie nicht mehr zu gebrauchen. Trotzdem häuften sich die Schächtelchen auf meinem Tisch. Ich wollte rauchen, als eine Nachricht von Carla kam. Ich las sie nicht, zerbrach zuerst drei Hölzchen am Reibestreifen, zerbrach ein viertes, bis ich einsah, dass ich den aufgedruckten Schriftzug nicht mehr lesen konnte. Ich konnte das Hotel nicht mehr sehen, keine winzigen Kühlschränke mehr, keine blattgoldenen Ziffern an dunkelbrauner Tür, keine Nachtkästchen, keine Einbaukommoden, keine erschütternd sorgfältig gefalteten Handtücher, keine Anweisungen mehr zum Verhalten im Brandfall. Ich suchte ein Feuerzeug, las die Zimmernummer, die Carla geschickt hatte, und schickte meine

Hausnummer zurück. *Amalienstraße 3, Gruß F.* Eine halbe Stunde später stand sie vor der Tür und sah aus, als hätte sie Gepäck, sie nannte mich rückhaltlos beim Vornamen und sagte, wir müssten reden, jetzt.

– Wir reden jetzt, Felix.

Ich hatte keinen Rotwein, also kauften wir welchen. Nur ein Kiosk war noch geöffnet und bot grüne Tetrapaks zu horrenden Preisen. Der Wein schmeckte fürchterlich. Es war unvermeidbar, ihn in große Gläser zu kippen und in raschen Zügen hinunterzustürzen, also taten wir das, saßen uns gegenüber, jedes Mal, wenn wir absetzten, keuchten wir und starrten uns an wie in erbittertem Streit. Wir sollten sie abhaken, keuchte Carla, die Kennenlernerei. Wir sollten sie hinter uns bringen, jetzt, schnell, das sei die einzige Möglichkeit, um nur wenige Schlüsse zu ziehen. Was das heißen solle, keuchte ich, aber Carla stürzte ihr Glas hinunter. Jetzt, sagte sie, rede sie. Ich schenkte nach. Der Vater, sagte Carla und wischte sich über den Mund, sei Spross einer ostdeutschen Handwerkerdynastie gewesen, die Mutter Hausfrau, sie selbst jüngstes von drei Geschwistern. Nesthäkchen, zehn Jahre Abstand. Man sei früh in den Westen gegangen, sie erinnere sich an wenig, eine Kindheit mit Bananen und Komfort, Sandkästen zwischen Ruhrpottplattenbauten, da waren die älteren Töchter lange schon aus dem Haus. Ihre Eltern, sagte Carla, seien früh alt geworden, der Vater schwer krank, vielleicht vor Kummer, weil kein Sohn da war, der die Werkstatt hätte übernehmen können. Die Mutter habe spät ihre Leidenschaft für Sprachen entdeckt. Russisch habe sie noch aus Kindertagen gekonnt, sich dann in Hebräisch und das ungemein schwere Ungarisch vertieft. Kurz vor ihrem Tod habe sie arabische Schriftzeichen geübt, habe im Bett sitzend haufenweise vergilbtes Papier beschrieben. Das Kratzen eines Füllfederhalters erinnere sie, Carla, seitdem daran, dass man rechtzeitig etwas aus sich machen müsse. Im Nachlass der Mutter habe man Briefe eines Geliebten gefunden, aber da habe sie selbst bereits studiert, weit weg und aufgerieben zwischen der Medizin und unerlässlichen Nebenjobs. Geheiratet habe sie spät. Den ersten Mann, den sie wirklich bewundert habe, was die Ehe in kürzester Zeit ruinierte. Irgendwann sei ihr klar geworden, dass sie die Bewunderung für Liebe gehalten habe, um den vernünftigen Heiratskalkulationen ihrer Altersgenossinnen zu entgehen. Doch da sei sie bereits schwanger gewesen und habe selbstverständlich nicht lange überlegt. Sie hätte keinem Kind zumuten wollen, zum letzten Hoffnungsträger ihres persönlichen Glücks zu werden. Die Abtreibung sei für sie ein Eingriff wie jeder andere auch. Sie sehe das professionell, wisse um den Vorgang und käme mit den emotionalen Aspekten zurecht, obwohl sie zugeben müsse, dass die Beziehung zu ihrem Mann anschließend eingefroren sei. Sie habe von seinen Affären erfahren und festgestellt, dass es ihr gleichgültig war. Dies nur die Eckpunkte, Carla kurz und bündig.

– Jetzt du, Felix.

Die Glühbirne, die von meiner Decke hing, hatte unter ihrem Redeschwall zu flackern begonnen. Wir waren bei der Hälfte des zweiten Tetrapaks angelangt. Sie sah mich auffordernd an. Ich begann zu erzählen, merkte, dass ich nicht viel zu sagen hatte, Stadtkind, Einzelkind, soweit ich wusste waren meine Großeltern ebenfalls

schon hier gewesen. Ich hatte sie nicht mehr fragen können und redete stattdessen über Vater, nannte ihn Choleriker, Fantast, sprach von einem schwierigen Verhältnis, von langjähriger Funkstille, ich stotterte, ich hörte mir selbst kaum zu, faselte von elterlichem Ehrgeiz und musikalischer Früherziehung und dachte daran, den Tisch leer zu fegen, ach was, den Tisch in die Ecke zu werfen, Weinflecken, dachte ich, Weinflecken an der Decke, auf dem Boden, an der Wand, auf unseren Kleidern meinetwegen, Weinflecken überall, auf ihrem Hals, ihrer Brust, unbedingt auf ihrem Bauch, den Schenkeln, ich brachte Wörter durcheinander, frühsikalische Muserziehung, ehrgeltlicher Geiz.
– Deine Verflossenen, Felix.
Ich erzählte von Melanie, von Constanze und Carolin, ich erfand eine Janine, berichtete von Sarah und Verena und trank dabei, sah Carla an und trank, nichts war mir geheuer, und wenn einer von uns einen Ratschlag wusste, dann der Wein. Ich schmeckte Magensäure. Carla nickte Namen ab, als schreibe sie Protokoll.
– Warte kurz, Felix.
Sie stand auf. Zwei unsichere Schritte. Dann fuhr sie herum, ging ins Bad, ich stellte mir vor, wie sie sich einen Moment lang im Halbdunkel umsah, ihr Blick über die weißen Fliesen glitt, die Eckdusche, die Unordnung auf der Ablage des Waschbeckens, die ich nicht mehr rechtzeitig hatte beseitigen können, wie sie all das musterte, bevor sie ruckartig nach vorn sackte und sich in die Kloschüssel erbrach. Nach jedem Schub betätigte sie die Spülung. Ich stand ebenfalls auf, taumelte hinterher, lehnte mich in den Türrahmen und machte das Badezimmerlicht an, woraufhin die fla-

ckernde Glühlampe über dem Tisch endgültig aufgab. Wir hätten uns, hörte ich mich sagen, im Schnelldurchlauf erzählt, kein Wunder, dass einem schlecht dabei werde. Der Spiegel zeigte mich blass und hohlwangig, ich atmete durch den Mund. Als Carla fertig war, blieb sie, wo sie war, und ihr Röcheln versickerte gespenstisch gluckernd im Spülkasten. Sie schüttelte den Kopf wie über eine Zerstreutheit.

– Entschuldige, Hasenmeister, ich wollte dich ausreden lassen.

Carla ging an mir vorbei, stolperte ins Dunkel, wo sie, ich konnte es hören, zielsicher auf meine Matratze fiel. Ich starrte auf die Kloschüssel, in der mein Vorname fürs Erste wieder verschwunden war, ich spülte noch einmal nach. Dann tastete ich mich zurück, deckte sie zu, sah in ihr schlafendes Gesicht, das vom Halbmond ausgeleuchtet wurde. Ich sah sie minutenlang an, ging schließlich ins Bad zurück, schloss sorgfältig die Tür und übergab mich ebenfalls.

Ich spucke aus. Das habe ich zuletzt als Kind getan, begeistert von Fußballspielern, die abfällig ins Gras rotzten, bevor sie den Kopf hoben, um ihren Gegnern ins Gesicht zu sehen. Ich übte auf dem Schulweg, als sei der brillante Freistoß eine zwangsläufige Folge. Obwohl mir inzwischen die Routine fehlt, gelingt ein schöner Speichelpfropfen, der in anmutigem Bogen fliegt. Ein satter Aufprall, und der Pfropfen hat sich in einen Klecks verwandelt, ein zäher See in der öden, grauen Steppe des Fußbodens.
Die Stille kämpft.
Es ist ihr anzuhören. Sie schultert die Decke, zwängt sich zwischen die Wände aus Stein, sie drückt, sie spannt den Raum auf, verbissen, starr und stumm. Ich und all die kleinen Geräusche finden Zuflucht in ihr. Sie schützt uns vor Musik aller Art, vor Schritten aller möglichen Füße, Gerede, Geschrei, Geraune, Geschwätz, dem Blubbern der Wasserrohre.
Dabei sind die Feinde im Inneren des Gebäudes vergleichsweise zahm. Draußen gebärden sich Motoren, bellen Hunde, dort hustet Asphalt, es hupt, es knattert, summt und schrillt. Niemand weiß ihre Mühen zu schätzen.
Die anderen missachten sie. Hier drin spielen sie die falschen Töne aus ihren Instrumenten. Misslungene Striche, schiefe Noten, kratzende, grässliche Lagenwechsel: Wenn sie fertig sind, hinterlassen sie Halden aus Halbtondissonanzen und verbrauchte Luft.
Die Stille wird sich rächen. Eines Tages wird sie aufgeben, ihr Schweigen mit einem Seufzer brechen, wird entschwinden, wer weiß wohin.

Ist sie fort, wird dieser Raum augenblicklich zu einem Kieselstein gepresst.

22:02, *Carla*
felix ich bin im konzertsaal. ich sitze in reihe drei. ich weiß dass du das liest. ich weiß dass du herkommen wirst. ich warte hier auf dich. allein. gruß c

Wenn Vater sich beruhigen wollte, packte er seine Geige ein. Manchmal packte er sie nur aus, um sie einzupacken, und manchmal packte er sie gleich wieder aus. Es war ein Ritual. Ich beobachtete ihn häufig dabei. Allerdings so, dass er mich nicht bemerkte. Er tat es nur, wenn er wütend war, und wenn mein Vater wütend war, störte ich ihn nicht. Er kniete sich vor den Geigenkoffer, sein Rücken ein Monument, ein Fels, der aus dem Wohnzimmerteppich ragte. Er knirschte. Auf Zehenspitzen umschlich ich ihn. An einem Punkt am Rand seines Sichtbereichs blieb ich regungslos stehen. Von hier sah ich ihm knapp über die Schulter und war zugleich in der Nähe der Tür, falls er sich umdrehen sollte. Was er nie tat. Er blieb konzentriert. Jedem Handgriff galt seine Achtung, jeden Handgriff merkte ich mir.
Wütend war Vater oft. Auf Patienten, das Krankenkassensystem, auf Autos, Steuern, Schiedsrichter, den Zustand des Staates, den dritten Satz, auf die Frauen, auf mich. Er atmete tief. Vaterschultern spannten sich, Vatergestein rumorte. Dann hob er behutsam die Geige aus ihrem samtenen Bett. Er betrachtete sie, hielt sie auf gestreckten Fingerspitzen waagrecht vor sich in die Luft. Nach einer Weile klappte er die Schulterstütze ab und ließ sie zurück in den Kasten gleiten. Erst war der Bogen dran. Er zog die Stange aus Ebenholz hervor, wog sie in der Hand, drückte prüfend gegen die Elfenbeinspitze und drehte die Schraube am Fuß, bis das weiße Pferdehaar, das sonst stramm gespannt zu sein hatte, in weicher Biegung hing. Einige Male ließ er den Bogen durch die Luft sausen, besah ihn sich ausgiebig und kratzte mit dem Daumennagel an der Metallen-

dung. Dann schob er ihn in den Koffer zurück und atmete abermals.
Wenn Vater nun zur Geige griff, wurden seine Hände scheu. Die großen Hände, die Räume spalten konnten, Luft zerschnitten, die Welt in Gut und Böse teilten, griffen in ängstlicher Zärtlichkeit nach dem Körper des Instruments. Manchmal zögerte er und entblößte die weiße Haut auf der Innenseite des Handgelenks. Er untersuchte mit Ehrfurcht jeden Winkel, drehte es hin und her und zog schließlich aus seiner Hemdtasche ein seidenes Tuch. Das Tuch war blau, es glänzte wie das Kleid einer schüchternen Königin. Vater fuhr damit die Konturen der Violine entlang. Er strich ausgiebig über Rücken und Front, bevor er die Klangstraße säuberte. So nannte er die Region knapp oberhalb des Stegs. Dort erzeugte man den vollsten Klang und dort sammelte sich für gewöhnlich ein grauer Film aus Harzstaub, Rückstände des Kolophoniums, mit dem er das Bogenhaar einrieb. Je präziser man an dieser Stelle spielte, so hatte er es mir beigebracht, desto schmaler war die Straße, desto klarer beschrieb sie ihren Lauf. Vaters Klangstraße war ein sagenhaft knapper Strich. Er rieb mit einem tuchbemantelten Zeigefinger darüber, bis keine Spur mehr zu sehen war.
Vater säuberte seine Geige, als spiele er sie auf eine andere, nicht weniger kunstvolle Art. Er fuhr den Hals des Instrumentes entlang, wo Schweiß aus der Daumenkuhle lagerte, dann das Griffbrett, das unter Talgresten der Fingerkuppen litt. Als ich anfing zu spielen, hatte er mir erklärt, dass eine gute Geige keine Benutzung verzeihe. Wie vorsichtig wir auch mit ihr umgingen, sie weise sofort Gebrauchsspuren auf. Man höre jeden

Keim, der sie vom unbefleckten Zustand trenne, und müsse die schmerzliche Wahrheit akzeptieren, dass sie nie wieder klänge wie am ersten Tag. Alles, was wir tun könnten, sei, das Instrument der natürlichen Reinheit anzunähern, so gut, sooft es gehe. Das seien wir ihm schuldig, sagte er.

Vater wischte über die Saiten. Die E-Saite fiepte entsetzlich dabei. Er schüttelte das Tuch aus, nahm ein Fläschchen aus dem Kasten und träufelte etwas daraus auf den Stoff. Es war eine Politur, die fast vollständig aus Alkohol bestand. Obwohl ich meterweit entfernt stand, biss mir der Geruch in die Nase. In schwungvollen Kreisen rieb er nun über die Holzfläche, zuerst auf der Rückseite, dann die Brust bis zu den F-Löchern hinab. Als ziehe er eine alte Haut ab, erstrahlte plötzlich die Maserung, schimmerte die Außenseite ein wenig stolzer mit jeder Bewegung des Tuches. Vater streichelte zur Schnecke hinauf, in deren Windungen er sich verlor, er fuhr die Flanken entlang, und als er zum Mittelpunkt der Geige kam, wo das Holz am dünnsten ist und der Stimmstock von unten gegen die Decke drückt, wich seine Leidenschaft ängstlicher Behutsamkeit. Er beugte sich hinunter, umspielte die Wölbung, und es sah aus, als täte er es mit kaum mehr Druck, als ihn ein Lufthauch ausgeübt hätte.

Dann roch er. Mit geschlossenen Augen hielt Vater das Gesicht an die Geige und sog ihren Duft ein, als sei es ein längst verschollenes Aroma, dessen letzte Ahnung durch die Holzfugen wehe. Minutenlang schnüffelte er und wollte sich keine Nuance entgehen lassen. Unwillkürlich trat ich näher. Es war aufregend wie der Blick durch ein fremdes Schlafzimmerfenster. Einmal erklärte mir Vater, er erkenne das Wesen einer Geige am Geruch. Jungfräulich sei ihr Duft voll und unbefangen, vergehe aber mit der Zeit. Er wolle immer aufs Neue entlockt, hervorgestreichelt werden. Dazu müssten wir lernen, die Bedürfnisse der Geige zu erkennen, ihr jeden Wunsch vom Holz abzulesen. Wenn wir röchen, bemäßen wir den Erfolg. Das Parfum, die spezielle Komposition, die sich in ihrem Inneren verbinde, die aus Waldgerüchen bestehe, aus Nadeln, Rinde, Moos, aus Werkstattdüften, Leim, aus harter Arbeit und unvergleichlichen Eigenaromen, sage ihm alles über den Ton, die Höhen und Tiefen des Instruments, auch, ob es sich um eine schwer zu erobernde Schönheit handele, eine launische Diva oder eine gewandte Dame von Welt.

Ich wartete ab, bis Vater wieder besänftigt war, bis er zurückgekehrt war an den Schreibtisch, in seine Praxis oder für Erledigungen in die Stadt. Auf Zehenspitzen pirschte ich an seinen Geigenkasten. Ich ließ die Metallschlösser aufschnappen, klappte den Deckel nach oben, entfernte die Decke, lauschte, und erst, wenn ich wirklich sicher war, dass sich nichts sonst im Haus bewegte, roch ich verstohlen selbst.

Du sagtest einmal, als wir nachts auf einer Parkbank saßen, ein Feuerwehrauto war vorbeigefahren und sein Martinshorn hatte uns kurzzeitig in Taubheit gestürzt, da sagtest du, dass du die Abwesenheit von Geräuschen genauso bedrohlich fändest wie die Abwesenheit von Licht. Ich war erschöpft, ich hatte ein seltsames Konzert in einer seltsamen Bankfiliale und eine seltsame Ohnmacht hinter mir, ich sagte leise, dass das seltsam sei, weil die meisten Menschen lieber taub würden als blind. Du sagtest, dass du dann lieber stumm würdest, und ich erschrak. Du bist nie hier gewesen, Carla. Wenn du die Stille nicht schätzt, wirst du mich nie entdecken. Wahrscheinlich weißt du gar nicht, was eine Übezelle ist. Jedenfalls nicht von mir.

Stell es dir folgendermaßen vor: Ein fensterloses Zimmer mit einem verstimmten Klavier darin. In jeder Zelle klemmt eine Taste, hier ist es das mittlere Cis. Gegenüber hängt ein orangefarbener Vorhang. Der schlierige Stoff bedeckt die ganze Wand. Er dämpft den Klang, und man kann sich vorstellen, dahinter warte ein gieriges Publikum und nicht nur blanker Stein. Eine Masse musikalischer Enthusiasten, die auf der Stuhlkante sitzt und lauscht, bis ein Stück perfektioniert ist; dann wird der Vorhang zurückgezogen, dann flutet Beifall herein. An der Decke hängt ein Feuermelder allein zwischen Neonröhren, in die Ecke gedrängt ein Heizkörper, von Steckdosen umstellt. Auf dem Boden verstreute Müsliriegel. Drei Wasserflaschen sind an der Speichelpfütze postiert. Meine Krawatte ringelt sich daneben wie ein durstiger Wurm. Der Geigenkoffer natürlich, und ich, kauernd in meinem besten Anzug, ich habe noch nicht einmal die Schnürsenkel gelöst.

Die Tür ist abschließbar. Ihre Doppelgängerin liegt gleich dahinter, und in dem schmalen Zwischenraum sammeln sich alle Geräusche und ziehen beim Öffnen stöhnend ab wie ein jahrhundertelang gefangener Geist. Sind beide Türen geschlossen, dringt kein Laut hinaus. Sie versperren den Weg, als stecke in ihnen gedrängt das Holz eines Waldes.

Der Tisch in Vaters Haus bestand aus dunkler Eiche. Er war massiv, ein Tisch wie ein Grundgesetz, nicht wegzuschieben, nicht wegzudenken von dort. Um ihn wechselten Einrichtung und Gegebenheiten. Er herrschte in stillem Regiment. Über die Jahre stützte er Argumente wie Lügen, hielt auch schweren Vorwürfen ohne Kratzer stand. Nur die Geschichte, deretwegen die Mädchen an ihm saßen, hinterließ tiefe Kuhlen im Holz.

Die Mädchen, die ich ins Haus brachte, verweigerten sich einem Schema. Es verband sie nichts, abgesehen von den Kuhlen im Tisch, die jede mit zarten Ellenbogen verbreiterte und vertiefte. Von Carlas rauen Gelenken blieb der Tisch verschont. Als ich sie kennenlernte, wohnte ich längst nicht mehr daheim.

Mein Tisch war schmal. In bröckelndem Weiß lackiert, klein und fragil und passend zu meiner Wohnung. Ich spielte bei jeder Gelegenheit, um sie mir leisten zu können. Hochzeiten, Beerdigungen, Firmenfeiern und Ärztekongresse für eine Küche, die aus zwei Herdplatten und einem plastikbezogenen Quadratmeter des Ess-, Schlaf- und Wohnzimmers bestand. Die Mädchen, die ich zuvor mit nach Hause gebracht hatte, mussten die Nacht nicht auf einer Matratze verbringen, die an alle Lebensbereiche grenzte. Die Mädchen standen unter unserer Stuckdecke und erfragten die Lage im Haus. Sie erkundigten sich nach Geschwistern, wollten wissen, wo meine Mutter sei. Manche musterten auch nur schweigend die breite Treppe ins Obergeschoss, studierten die Pflanzen im Wintergarten, die Ölbilder an der Wand. Jene, die ich von einer frühen Schulfeier mitnahm, jenes Mädchen, das rief, ihre Zöpfe, übrigens, seien zum Festhalten da, jenes dicke Mädchen also machte sich keinerlei Gedanken. Arglos folgte sie mir in mein Zimmer, arglos schob sie mir die Nacht über eine kleine, harte Zunge entgegen. Doch auch sie trug ihren Teil zu den Tischkuhlen bei, als wir tags darauf beim Frühstück saßen, und ich sah die Neugier in ihrem Gesicht aufziehen wie einen Vollmond.

Marianne, deren Gesichtsausdruck in Mathematik so neugierig war wie in Latein, in Religion, Geschichte, Biologie, Deutsch und dem Wahlfach Haushaltskunde, vergaß am nächsten Morgen sogar die Uhr. Wir kamen zu spät zur Schule, und möglicherweise schlief sie in den folgenden sieben Monaten deshalb nicht mit mir, weil sie uns beide für diese Unverzeihlichkeit bestrafen wollte.

– Wusstest du schon, dass er mir den Auftritt meines Lebens vermasselt hat?

Constanze hielt die Luft an, nicht nur, weil ihr Atem noch nach Apfelschnaps roch, die schöne Carolin blähte die Backen, was ihr wenigstens etwas an Schönheit nahm. Alle horchten sie auf, als Vater sich räusperte, Luft durch die Nase sog und seine umständliche Einleitung neben Butter und Brot auf die Tischplatte hievte.

– Wusstest du denn, dass er mir den Auftritt meines Lebens verhagelte?

Sarah schüttelte den Kopf, ihr klebte noch Schlaf im Augenwinkel. Mein Vater erzählte die Geschichte jedes Mal, und jedes Mal auf gleiche Weise. Ich kann sie mitsprechen, kann das verschwörerische Zwinkern nachahmen, mit dem er beginnt. Ich kenne seine Gesten, das Hand-an-den-Mund-Legen, als vertraue er ein Geheimnis an, das Hand-an-die-Stirn-Legen, als müsse er sich erinnern, das Hand-an-ihre-Schulter-Legen, als fiele es ihm ein. Seine einzige Veränderung über die Jahre bestand darin, dass er ihren Beginn hinauszögerte, als genösse er immer länger die Befangenheit einer ungewohnten Frühstückskonstellation.

– Hat er dir überhaupt erzählt, dass er den Auftritt meines Lebens verbockt hat?

Immer fügt Vater hinzu, aus meiner Sicht sähe das ganz anders aus. Aus meiner Sicht, sagt Vater, sei es der Auftritt meines Lebens gewesen, wobei er lacht, wobei er sich an seine Zuhörerin wendet, wobei er eine Miene aufsetzt, die als charmant gedeutet wird: Eine Frage der Perspektive! Charmant fand ihn Verena, die, wenn wir uns küssten, ihre Schultern straffte, als hätte sie gerade fast an Haltung verloren. Charmant fand ihn Melanie, und ich fand erst Monate später heraus, dass wir in keiner erdenklichen Hinsicht zueinanderpassten. Katharina fand ihn charmant und Sarah wusch sich das Gesicht, bis aller Schlaf und das Make-up der letzten Feier gewichen war, Sarah erklärte mit tropfenden Lidern, charmant sei die Art, wie er erzähle, charmant sei die Geschichte selbst.

Der Tisch in Vaters Haus bestand aus dunkler Eiche. So massiv war er, dass ein schlichtes Davorsitzen unvorstellbar schien. Sich hinter ihm zurückzulehnen, wäre dem Versinken gleichgekommen, weshalb alle interessierten Gäste den Oberkörper nach vorn beugten. Die Mädchen, die ich ins Haus brachte, stützten den Kopf in die Hände und die Arme auf der Platte auf. Viele hinterließen keinen nachhaltigeren Eindruck in meinem Leben als den ihrer Ellenbogen im Holz.

– Weißt du eigentlich, dass er mir einmal den Auftritt meines Lebens vermurkste?

Aus Sicht meiner Mutter war mein Vater ein seltsamer Mensch. Sie lernten sich in einem Orchester kennen. Es war ein Ärzteorchester, nur Mediziner wurden aufgenommen, Studenten in Ausnahmefällen, meine Mutter hatte Glück. Zum Physikum bekam sie von einem Freund einen Kontrabass geschenkt. Mutter liebte Musik. Sie hörte Streichquartette und Symphonien, Horntrios und Cembalokonzerte. Jedes Wochenende kam sie vom Flohmarkt mit einem Arm voller Platten zurück. Die meisten Komponisten sagten ihr nichts, doch der Klang der Instrumente beruhigte sie auf besondere Weise. Immer hatte sie es bedauert, nicht Teil davon sein zu können. Kurz entschlossen nahm sie Unterricht. Es war mühsam, doch man versicherte ihr, der Kontrabass sei die ideale Wahl. Er käme ihrer Größe entgegen und sei, im Vergleich zu anderen Stimmen, nicht schwer. Mutter nickte und übte. Es ging schleppend voran. Sie trieb ihre Mitbewohner in die Verzweiflung mit dem knarzenden Geräusch, das sie tagein, tagaus ihrem Bass entrang. Als sie ein Jahr lang geübt hatte, war sie dennoch der Ansicht, sie habe nun lange genug allein gespielt.

Das Ärzteorchester kannte man an der Universität. Ebenso wusste man, dass nur die Besten dort eine Chance bekamen. Zwar war es ein Laienorchester, doch seine Ansprüche waren hoch. Jedes Jahr gab es eine einwöchige Probenphase, für die auch die renommiertesten Ärzte ihre Praxen schlossen, Urlaub nahmen in den Kliniken, um dabei sein zu können beim abschließenden Konzert im großen Saal. Wer mitspielen wollte, musste vorspielen. Der Orchesterrat stimmte über Neulinge ab. In dem Jahr, in dem sich meine Mutter bewarb, gab es in keiner Stimme mehr Bedarf. Dass sie, die nach nur einem Jahr Übung in den schwierigen Passagen heillos überfordert war, die kaum Noten lesen konnte, die nicht mal einen anständigen Ton besaß, trotzdem beinahe einstimmig aufgenommen wurde, hing zu einem nicht geringen Anteil damit zusammen, dass meine Mutter auf einfache Art vollkommen überwältigend aussah.

Sie hatte rotes Haar und strahlend weiße Haut, trug ihre Sprossen wie Schmuck und lächelte auf elegante Weise, sie war groß und schlank und ging grazil und besaß eine Vorliebe für dünne, lilafarbene Sommerkleider. Viele verliebten sich auf Anhieb in sie. Der erste Fagottist, ein Laborarzt, schenkte ihr bereits nach einer Probe Blumen. Der Stimmführer der zweiten Geige, ein Hals-Nasen-Ohren-Spezialist, schrieb ihr glühende Liebesbriefe. Ein Radiologe und Tubist verzehrte sich nach ihrem Lachen und machte Witze unter seiner Würde, um ihren Humor zu treffen. Der Dirigent und Chefarzt, der streng auf seinen Klangkörper achtete, drückte für sie ein Auge zu und wanderte mit dem anderen schwärmerisch in die Ecke der Kontrabässe, besonders während der langsamen Sätze.

Die Probenphase fand auf einem alten Landsitz statt. Inmitten von Feldern und Wiesen und Waldstücken erreichten die Leidenschaften für meine Mutter ihren Höhepunkt. Ein Anästhesist und Pauker verbrachte die Nächte auf ihrer Türschwelle und war selbst unter Androhung körperlicher Gewalt nicht von dort wegzubewegen. Ein unglücklicher Bratscher und Proktologe drohte, sich etwas anzutun, wenn sie ihn nicht erhöre. Einen spanischstämmigen Klarinettisten und erfolgreichen Forscher auf dem Gebiet der Ultraschalldiagnostik musste sie mehrmals höflich bitten, ihr Bett zu verlassen, in dem er nackt und mit einer frisch gepflückten Gerbera zwischen den Zähnen auf sie gewartet hatte. Selbst die beste Trompeterin, eine glücklich verheiratete Kinderärztin, schenkte ihr fortwährend Wein nach und ertastete unter dem Tisch ihr Knie. Nur mein Vater, der erste Geiger, der Konzertmeister, dessen Haare früh ergraut waren, mein Vater, dieser kleine Mann, von dem alle nur mit Ehrfurcht sprachen, es hieß, er habe eine Praxis in bester Lage eröffnet, es hieß, er habe einmal bei Heifetz studiert, mein Vater, der angeblich zuweilen Aufsätze über unbekannte Barockkomponisten in Fachzeitschriften schrieb, dieser mein Vater beachtete sie kaum. Er blieb sitzen, wenn sie sich beim Essen zu ihm setzte, wenn sie ihn in den Proben ansah, sah er zurück. Doch nie berührte er sie vertraulich am Arm, wie er es bei der jungen Harfenistin und Gastroenterologin tat, nie klärte er sie über die Parallelen zwischen Bach und dem Brahms'schen Spätwerk auf wie die Zahnärztin und Posaunistin mit dem aufregend verlebten Gesicht, nie blieb er zurück, um ihr die Tür aufzuhalten, ihre Beine zu mustern, sie für das Lila ihres Kleides zu loben, er schimpfte nicht einmal mit ihr auf die Krankenkassen und die Homöopathie. Aus Sicht von Mutter war dieser mein Vater ein seltsamer Mensch, und sie vermutete folgerichtig, dass die einzige Stimme, die im Orchesterrat nicht für sie gestimmt hatte, die seine gewesen war.

Aus Sicht des Orchesters war es ein Schlag, als meine Mutter und mein Vater im nächsten Jahr gemeinsam zur Probenwoche anreisten. Sie nahmen sich ein Doppelzimmer, sie schlenderten nebeneinander über Felder und Wiesen, sie verschwanden in Waldstücken, Mutter küsste Vater auf die Wange und die Ärzte griffen sich an die Brust. Doch rasch gelangte man zu der Erkenntnis, dass diese Entwicklung absehbar gewesen sei, man sprach von einer bitteren, aber notwendigen Medikation.
Die Aufmerksamkeit, die man meiner Mutter bislang entgegengebracht hatte, verflog allerdings rasch. Natürlich begegnete man ihr noch freundlich. Man lächelte sie an, man hielt ihr den Platz frei, man lieh ihr den Bleistift und wollte ihn nicht zurück. Doch niemand schenkte ihr mehr überraschend Pralinen, niemand setzte sich unangemessen nahe neben sie, niemand mehr fragte nach ihrer Meinung zu den jüngsten Erkenntnissen in allergologischer Pädiatrie. Die Ärzte gratulierten meinem Vater, und mein Vater nickte und schwieg. Er nickte und schwieg auch im nächsten Jahr, als sie ihn erneut beglückwünschten, und auch im Jahr darauf, als sie sich vor Gratulationen überschlugen, weil die Hochzeit anstand. Im folgenden Jahr stand das Kind an und meinem Vater wurde vor Glückwünschen schwindelig. Er nickte und schwieg beharrlich.
– Bist du dir darüber im Klaren, dass er mir den Auftritt meines Lebens verdarb?
Marianne sitzt kerzengerade, Constanze rührt seit drei Minuten in ihrem Kaffee. Vater lacht und fasst Verena an die Schulter und jenes dicke, laute Mädchen schüttelt den Kopf, dass die Zöpfe fliegen.

Es war das Jahr, als Mutter schwanger war. Sie sperrte ihren Kontrabass in den Kasten und wuchtete ihn in eine Kellerecke. Sie wusste, dass sie nie wieder spielen würde, und die Einladung zur Probenphase warf sie ungeöffnet weg. Vater fuhr allein aufs Land. Die Ärzte fragten, wo er seine Frau denn dieses Jahr gelassen habe, und aus Gewohnheit nickte und schwieg mein Vater erneut. Er war nervös. Auf dem Programm stand das Cellokonzert von Dvořák. Der Solist, der dafür verpflichtet wurde, hatte in Musikerkreisen bereits Bekanntheit erlangt. Er war von eleganter Statur, besaß romantischen Schwung im Haar, er vergötterte sein Cello und Tschaikowski und erzählte der jungen Harfenistin und Gastroenterologin von seiner Studienzeit in Paris und der Weite des Himmels an der Atlantikküste, kurz, er brachte alle Voraussetzungen mit, um von meinem Vater leidenschaftlich verabscheut zu werden.
Die Feindschaft zwischen Cellisten und Geigern, belehrt Vater Verena hinter vorgehaltener Hand, sei eine große, lang gehegte Tradition. Sie äußere sich darin, dass die Cellisten im Orchester stets über die mangelnde Führungsqualität der Geigen klagten, wohingegen die Geiger bemängelten, sobald die Celli die Melodie übernähmen, stocke sofort das Tempo. Das läge daran, dass die Cellisten samt und sonders verliebt in ihren Ton seien, den hielten sie für die Klangfarbe schlechthin. Es ärgere sie, ihre musikalische Schönheit in den Dienst des Zusammenspiels stellen zu müssen. Die Geiger dagegen, von Natur aus dem Orchester vorstehend, seien auf ihre Herrscherrolle bedacht, und im Stillen beneideten sie die enorme Fülle und Tiefe des gegnerischen Instruments.

Der Grund, weshalb mein Vater in jenem Jahr nervös war, lag in einer Besonderheit von Dvořáks Cellokonzert. Es sei, erklärt er der schönen Carolin, ein schönes Stück, ja, wunderschön. Cellokonzerte gebe es nicht viele, aber er, dieser mein Vater persönlich, halte Dvořáks für das beste davon. Das Ungestüm gleich im ersten Thema. Der herrliche zweite Satz. Er möge die Aufgewühltheit des Werks. Im Finale allerdings gebe es Passagen, in denen über dem Cello zusätzlich eine Sologeige vorgeschrieben sei. Ungewöhnlich, sagt Vater. Cellisten verträten die Ansicht, die Sologeige sei nur besetzt, um eine zarte Oberstimme zu erzeugen. Die Geiger hingegen verwiesen auf den exponierten Charakter der entsprechenden Stellen und das thematische Motiv. Natürlich, sagt Vater und lehnt sich zu Melanie hinüber, natürlich sehe jeder Cellist eine Sologeige in einem Cellokonzert als den hinterhältigen Versuch an, ihm die lang verdiente Krone zu entreißen. Und natürlich, fügt er hinzu, sei andererseits er als Konzertmeister, welcher die vorgeschriebene Sologeige zu spielen gehabt habe, der Meinung gewesen, dass *seine* Stimme an den entsprechenden Stellen die wichtigste sei.

Meine Mutter ärgerte sich, dass ihr die meisten der lilafarbenen Sommerkleider nicht mehr passten. Ihr ausladender Bauch schmerzte und versperrte ununterbrochen den Weg. Sie konnte sich nicht auf die Doktorarbeit konzentrieren, die geliebten Platten kamen ihr fade und langweilig vor, und als mein Vater anrief, um zu fragen, ob sie zum Konzert komme, sagte sie Nein. Nein, sagte sie, als der Dirigent anrief, Nein, sagte sie zu ihrem freundlichen Pultnachbarn, Danke, nein, sagte

sie zu der alten Dame von der Konzertdirektion, Nein zu ihrer besten Freundin, Nein, nein und nochmals nein, sagte sie zum zweiten, dritten und vierten Anruf meines Vaters, beim fünften seufzte sie und sagte zu.
Am Abend des Auftritts war der große Saal bis auf den letzten Platz gefüllt. Das Ärzteorchester hatte ein breites Stammpublikum. Dieses Mal waren noch einige mehr gekommen, die den Namen des jungen Cellisten auf den Plakaten gelesen hatten. Man tuschelte erwartungsvoll. Mutter saß in der ersten Reihe. Auf ihrem Bauch spannte sich der lilafarbene Stoff des einzigen Sommerkleides, das sie noch darüberbekommen hatte. Missmutig klatschte sie, als das Orchester die Bühne betrat, und ebenso missmutig ließ sie eine symphonische Dichtung über sich ergehen, anschließend alle vier Sätze der *Eroica*. Es schien ihr ewig zu dauern. Missmutig drängte sie in die Pause, stand missmutig an einem Tisch, nahm Gratulationen entgegen, ließ sich Wasser bringen, nippte missmutig daran und hoffte, der zweite Teil des Konzertes würde schneller vorbeigehen.
Doch auch meine Missmutsmutter konnte sich der Spannung nicht entziehen, die herrschte, als das Publikum erneut Platz nahm. Niemand hätte sagen können weshalb, doch die Luft knisterte elektrisch. Das Orchester betrat erneut die Bühne. Der Cellist trug sein Instrument in den klammen Begrüßungsapplaus hinein. Mutter bemerkte seinen federnden Schritt, die blassen, erhabenen Züge und eine Verbeugung, mit der er bestimmt nicht nur die Fachwelt für sich einnahm, sie bemerkte auch, dass der Händedruck zwischen Solist und Konzertmeister ungewöhnlich knapp ausfiel.

Jeden Tag der Probenphase hatte Vater zu Hause angerufen, hatte rasch nach ihrem Zustand gefragt und, ohne die Antwort abzuwarten, zu fluchen begonnen über diesen exzentrischen jungen Mann. Unmusikalisch spiele der, grob und stumpf, die gemeinsamen Passagen seien ein Fiasko, obwohl er, mein Vater, sich alle Mühe gebe, der Klügere, Nachgebende zu sein. Meine Mutter hatte zu Hause gesessen, ihren Bauch vor sich im Sessel balanciert, hatte trotzig Milchkaffee getrunken und sich gut vorstellen können, was dieser mein Vater unter Klugheit und Nachgeben verstand.

– Hast du schon erfahren, dass wegen ihm der Auftritt meines Lebens den Bach runterging?

Katharina rutscht nach vorn, Sarah streicht eine Strähne aus der Stirn. Mein Vater schlägt ein Bein über das andere und beißt in ein Käsecroissant. Die beiden Passagen im dritten Satz, sagt er, seien, musikalisch gesehen, eine heikle Sache. Gewissermaßen bildeten sie den Höhepunkt des Konzertes. Im Grunde genommen müsse das Orchester zwei Sätze lang auf der Kante sitzen, um an diesen Stellen aufzustehen. Der Cellist nun nehme einen langen Anlauf. Er habe Zeit für ein triumphales Crescendo. Eine Ewigkeit lang spiele er sich in die Ohren der Zuhörer, während die Sologeige ruckartig aus dem Orchesterklang hervortreten müsse, ebenbürtig, von einem zum anderen Moment.

Er habe, sagt Vater, tagelang an diesen Stellen geübt. Ohne sie langweilen zu wollen, raunt er Marianne zu, ohne Langeweile nur so viel: Es komme auf den ersten Ton an, den ersten der ersten Passage. Dieser Ton müsse strahlen. Die Geschwindigkeit des Vibratos, der Druck des Bogens, das alles müsse stimmen dabei. Leider, erklärt er Melanie, der Pfirsichmarmelade auf die Hose tropft, leider liege dieser Ton in einer hohen, äußerst unbequemen Lage, leider sei er schwer zu treffen deshalb. Und der Cellist habe es ihm nicht leicht gemacht. In jeder Probe hätten sie sich ein erbittertes Duell geliefert, hätten gefeilscht um Klanghoheit und Phrasierung, gerungen um Tonfarbe und Bogenstrich und jeden einzelnen Halbton.

Um jeden Halbton!, hatte mein Vater in den Hörer gerufen, und meine Mutter hatte im Sessel gelegen und genickt, obwohl mein Vater das nicht hatte sehen können. Sie nickte auch jetzt, nickte und strich sich über den Bauch, was Vater ebenfalls nicht sah, denn Vater sah auf den exzentrischen jungen Mann, der seinen ersten Einsatz im Forte spielte und dabei sein Haar schüttelte, dass der romantische Schwung quer durch die Reihen der Zuhörer flog.

Ohne Zweifel war er ein begnadeter Cellist. Wie der Teufel habe er gespielt, beteuert Vater, und Katharina nickt. Wie der Teufel, dachte meine Mutter und drückte die Zunge gegen die Schneidezähne. Die Spannung im Saal wuchs taktweise. Das Publikum reckte den Hals. Es verfolgte gebannt, wie der Cellist das Ungestüm des ersten Satzes wie der Teufel meisterte, wie er den zweiten durchschwelgte in sagenhaft warmem Ton, wie er schließlich den dritten begann: ein letztes, unbeugsames Aufbegehren. Sehnsüchtig erwartete sie Vaters ersten Ton, den ersten der ersten Passage, wegen dem sie hier war, mit dem er sie gezwungen hatte, den er zu meistern gedachte, der es ihm zeigen sollte, diesem aufgeblasenen Burschen, der seinetwegen zurückgehen könne nach Paris, an die Atlantikküste,

wenn er denn wolle, der jedenfalls nichts zu suchen habe in diesem seinem Orchester.
Die Zuhörer zwinkerten nicht. Einige zerknüllten ihr Programmheft, andere knabberten unwillkürlich an den Fingernägeln oder drückten die schweißige Nachbarshand. Nur meine Mutter, die zu wissen glaubte, was Ursache der Spannung war, meine Mutter, die ungeduldig lauschte, diese meine Missmutsmutter war nicht bei der Sache. Sie ärgerte sich still. In Gedanken zählte sie Gründe auf, aus denen sie nicht hätte kommen sollen, allen voran den, dass sie nicht wollte, außerdem hochschwanger war, keine Zeit hatte und Besseres zu tun, sie rechnete hinzu, dass heute Derrick im Fernsehen kam, den sie mochte, und Matlock, den sie auch mochte, und dass sie es gewohnt war, gegen neun zu essen, und für das Kind, dachte sie, sei es sicherlich ungünstig, mit Gewohnheiten zu brechen – überhaupt, dachte sie, das Kind, als dieser mein Vater mit seinem Bogen ausholte.
Er traf den ersten Ton. So gut traf er ihn, wie es in keiner Probe zuvor gelungen war. Der Cellist wandte den Kopf. Auch der Dirigent wandte den Kopf, meine Mutter schreckte hoch und schüttelte den Kopf, und mein Vater spielte den zweiten Ton, den dritten, er spielte das ganze Motiv. Der Klang strahlte. Der richtige Druck des Bogens, die richtige Geschwindigkeit des Vibratos, alles stimmte, und der Cellist holte Atem, um mitzuhalten, der Dirigent holte Atem, um durchzuhalten, das Publikum holte Atem, um die Spannung auszuhalten, meine Mutter holte Atem und ich trat so fest ich konnte von innen gegen die Decke ihres prall gespannten Bauchs.
Das Kleid bekam einen Riss, dort, wo ich traf. Es stellte sich später heraus, dass er nicht zu nähen war. Noch

heute hängt das lilafarbene Sommerkleid in unserem Schrank. Es hat an Form verloren, es sieht traurig aus. Aus seiner Sicht ist es eine schmerzhafte Geschichte, aus Sicht des Kleides ging mehr damit zu Ende, als begann.

Aus Sicht des Publikums geschahen im Folgenden viele Dinge auf einmal. Die unbestimmte Spannung, die seit dem Ende der Pause jedermann an die Grenzen seiner nervlichen Belastbarkeit getrieben hatte, entlud sich in einem äußerst missmutigen Schrei. Meine Mutter sackte in den Stuhl und hielt wütend ihren Bauch umklammert. Umsitzende schworen, die überwältigend schöne Frau habe grässliche Flüche ausgestoßen. Gebrüllt habe sie, dass sie von Anfang an nicht habe kommen wollen, dass sie es gesagt habe, mehrmals habe sie es gesagt. Der übrige Saal sprang von den Sitzen, um etwas sehen zu können. Meine Mutter jedoch war bereits verschwunden, überschwemmt von einer Woge außergewöhnlich professioneller Hilfsbereitschaft. Als sei sie jahrhundertelang unterdrückt gewesen, brach sich im gesamten Orchester die alte Leidenschaft Bahn. Die Bratschengruppe ließ auf der Stelle die Instrumente fallen. Die zweiten Geigen riss es von den Stühlen, ihr Stimmführer tat einen Hechtsprung in Richtung des Publikums, wurde aber vom Dirigenten beiseitegestoßen, der sich seinerseits vom Podest stürzte, um als Erster bei meiner Mutter zu sein. Ein Anästhesist schleuderte sein Fagott durch den Raum, ein Kontrabassist fiel über sein Instrument, eine Posaunistin brach sich im Gewühl einen Fingerknochen und die Horngruppe, die eine Hebammenausbildung genossen hatte, drängte verzweifelt und kam nicht nach vorn durch. In Sekundenbruchteilen war meine Mutter umringt von der medizinischen Elite des Landes, die wild durcheinanderschrie. Der Tubist tupfte ihr mit seinem Sakko Schweiß von der Stirn. Der Klarinettist rief, man müsse einen Ultraschall machen. Ein Chirurg und Beckenspieler suchte sein Skalpell für einen Kaiserschnitt. Mehrere Assistenzärzte kämpften darum, ihre Hand zu halten, man zählte Krankenhäuser in Reichweite auf, die Umstehenden johlten, in Jacketttaschen wurde nach Autoschlüsseln gekramt und unter tosendem Beifall trug man meine Mutter hinaus. Zurück blieben, keuchend und starr, der Cellist und dieser mein Vater. Sie saßen noch dort, als die schweren Flügeltüren des Saales vom Personal geschlossen wurden.

Der Tisch in Vaters Haus bestand aus dunkler Eiche. Wenn mein Vater mit seiner Geschichte zum Ende kam, seufzte das Holz auf. Vater zwinkert, Marianne lacht, Melanie schüttelt den Kopf. Katharina blickt von ihm zu mir zu ihm und zurück. Ich zucke die Achseln. Das dicke Mädchen fragt: Und dann? Dann, sagt Vater, sei ich geboren worden, zweieinhalb Wochen zu früh. Der Cellist sei später in einem zweitklassigen Orchester untergekommen. Das Cellokonzert habe nie wieder auf dem Programm gestanden, er habe es nicht mehr gespielt. Dabei sei es, wie gesagt, ein schönes Stück. Er, sagt Vater und zeigt auf mich, er kann das bestätigen. Katharina und Melanie, Verena, Sarah, Carolin, Constanze, Marianne und jenes dicke Mädchen sehen sich nach mir um. Der Moment, um zu versinken, zwischen Milch und Aufschnittteller. Ich besitze keine Aufnahme des Stücks, doch ich kann jeden Ton mitsingen, ich kenne es auswendig. Nur den Schluss habe ich nicht im Ohr und möchte ihn niemals hören.

23:20, Carla
ich kann nicht mehr felix! ich habe ewigkeiten gewartet. ich laufe im kreis. ich habe einen kreis in den boden gelaufen felix ich stecke knietief im parkett

23:21, Carla
die nachtwache will früher schließen. niemand ist mehr hier. ich habe mich geweigert felix ich habe gegen das klavier getreten und deinen namen gesagt ich sagte

23:21, Carla
felix hasenmeister. auf felix hasenmeister warte ich. ich muss noch warten. nicht absperren. felix hasenmeister. wo bist du???

23:22, Carla
gruß c

– Felix Hasenmeister, wir müssen in die Stadt.
Mein Vorname war wieder aus den Tiefen der Kloschüssel aufgetaucht, der Nachname aber nicht mehr verschwunden. Eine Zeit lang hing Carla noch an ihm. Er erinnerte sie an die Unverbindlichkeit des Hotelzimmers, deren Verlust sie nicht eingestehen wollte. Lieber nannte sie mich bei vollem Namen wie ein störrisches Kind.
– Wir müssen in eine Bar, ein Casino, einen voll besetzten Kinosaal.
Ich nahm es ihr nicht übel. Ich war aus Carla schlau geworden und duzte sie, wissend, dass man ihr eine Straße, eine Hausnummer nennen konnte; wenn sie es insgeheim wollte, käme sie auch dorthin.
– Wir brauchen frische Luft. Ich ersticke, es ist viel zu eng hier drin.
Montags, mittwochs und donnerstags besuchte ich Vorlesungen über Harmonielehre und Musikgeschichte und spielte danach in den Übezellen. Dienstags und freitags übte ich zu Hause. Samstags hatte ich frei und Carla Nachtdienst, weshalb sie sonntagmorgens vor meiner Tür stand. Es war meist gegen sechs. Ach du, Carla, mehr brachte ich nicht heraus. Es sollte ein Witz sein, als hätte ich eine andere Frau erwartet, ich sagte es immer, und sie sagte nichts. Sie war erschöpft. Ich zog sie ins Bett, zog sie in meinen Schlaf hinein, der noch frisch war, weich und einladend, und gemeinsam verbrachten wir den Tag in klaren, hochauflösenden Traumwelten und küssten uns dazwischen in einer verschwommenen, lichtdurchfluteten Wirklichkeit. Bis sie, gegen Abend, wach wurde, bis sie es nicht mehr aushielt, mir nicht mehr in die Augen sah, sondern aus

dem Fenster, bis sie mich Felix Hasenmeister nannte. Dann gingen wir aus.

Da wir den Sonntag im Bett verbrachten, waren wir in der Nacht auf Montag unfähig, dorthin zurückzukehren. Stattdessen streiften wir umher, an den Wangen glühend noch die Abdrücke meiner Kissen, weiche Narben, Erkennungsmerkmale unserer geheimen Bruderschaft. Unsere Nächte in körnigen Farben, auf eine fleckige Leinwand geworfen von einem schnarrenden Projektor: das alte Kino Erinnerung. Im Lichtkegel tanzten die Staubflocken einer aufgekratzten Schläfrigkeit. Entschlossen marschierten wir gegen die Schwere an, die nie so drückend auf der Stadt lastet wie vor dem erneuten Beginn der Werktage. Wir verschworen uns gegen die Trägheit, die den Beschwernissen des Alltags voranging, und schlossen Freundschaft mit den Gestalten, die von den Feierlichkeiten des Wochenendes schutzlos zurückgelassen worden waren. Einsam umhertorkelnde Punks, aus deren Taschenradio verzerrtes Geschrammel schallte, während sie mit ihren Stahlkappen in den Ritzen zwischen den Pflastersteinen hängen blieben. Fußballfans auf der Suche nach dem Stadion und einem längst verlorenen Spiel, traurige Hymnen grölend, obdachlose alte Frauen, die Pfandflaschen aufklaubten und die zusammengesammelten Lumpen hochmütig um die Schultern warfen wie Hofdamen einen Hermelin. Wir befragten wortkarge Zeitungsausträger, Müllsammler und Lieferanten, nickten den bleichen Huren zu und trafen Straßenköter, die uns treu an der Seite blieben und in deren dunklen, klugen Augen sich Scherben, Fetzen und herumliegende

Kronkorken ausnahmen, als seien es Lichterketten. Tatsächlich schritten wir durch die verlassenen Viertel wie das glamouröseste Paar auf einem Wohltätigkeitsball. Es fiel uns leicht, die erschöpften Kneipenwirte zu überreden, ihre Tür noch einige Zeit geöffnet zu halten, selbst wenn wir die einzigen Gäste waren und kaum mehr tranken als drei Gläser Saft. Wir gähnten, ohne müde zu sein, und rieben einander die Augen, glotzten uns in den geweiteten Pupillen des anderen entgegen und lachten grell.
Die ganze folgende Woche dagegen krankten wir an den Nächten. Wir schrieben uns keine Zimmernummern mehr, sondern Klagen über die Müdigkeit. Ich schrieb, dass ich den nächsten Sonntag kaum mehr erwarten könne, und Carla schrieb, in meinem Alter sei das leicht gesagt. Doch dann stand sie wieder vor der Tür und ich hatte schon für Stunden wach gelegen, wie lange genau, das verriet ich nicht, aber ich wartete nun auf sie. Manchmal stellte ich sogar meine Schuhe ans Fußende der Matratze.

– Nicht da, sondern da. Und hier. So.
Je vertrauter wir miteinander wurden, desto öfter kam es vor, dass sie sich selbst, ihr geheimnisvolles Murmeln unterbrach, wenn wir miteinander schliefen. Die klaren Worte rissen mich aus der Stimmung, raubten mir die Konzentration, aber sie stießen so natürlich aus ihr hervor wie der unverständliche Singsang, scharfe Felskanten in einem vorbeirauschenden Strom.
– Und so. Und ruhig kräftig, Felix Hasenmeister.
Dafür fand sie schneller den gesuchten Rhythmus, das Murmeln selbst schwoll rascher an, wurde lauter als

vorher, und sie musste die Augen dabei nicht mehr schließen, sah zu mir hinunter, biss sich schließlich kurz auf die Lippen, und einmal schrie sie sogar auf, dass es mich schüttelte und vor dem Fenster ein lauter Pfiff erscholl.

– Ich bin doch nicht aus Zucker!

Ihre Stimme hielt sich tagelang. Auch als Carla fort war, bekam ich sie kaum aus dem Zimmer. Ich lüftete, sobald ich zum Konservatorium fuhr, ich ließ meine Wohnung tagsüber von allerhand Geräuschen durchspülen und fächelte auch abends noch den Straßenlärm herein. Doch wenn ich die Fenster schloss, war Carlas Stimme immer noch da, füllte den Raum aus und lag mir in den Ohren. Ich schlief kaum, obwohl ich Tag für Tag müder wurde, und glitt stattdessen mit meinen Händen durch die schmalen Streifen von Mondlicht, die meine Jalousie passieren ließ. Ich lauschte. Jedes Mal war es, als kämen zu einer Melodie weitere Töne hinzu. Eine Bewegung im Bass, eine Linie der Obertöne, über Wochen schwoll Carlas Stimme an, bis sie schließlich auch in ihrer Abwesenheit den Raum ausfüllte als eine vollendete Symphonie. Sie drängte an mein Trommelfell, dass mir schwindelig wurde, Carla brachte mich aus dem Gleichgewicht. Bald gab es nichts mehr, als haltlos durch gleichförmige Tage zu taumeln bis zu ihrem nächsten Besuch.

– Felix Hasenmeister, was hast du vor?

Ich hatte nicht gezählt. Wie viele Sonntagabende ich gebraucht hatte für einen Einfall, der mir plötzlich folgerichtig und dringend vorkam, wusste ich nicht. Ich war vor Carla wach geworden, sah ihr nicht mehr in

die Augen, sah aus dem Fenster und auf die Uhr. Ich trieb sie zur Eile und ins Bad und wartete ungeduldig, weil sie dort länger als gewöhnlich brauchte und stärker geschminkt herauskam. Vielleicht zahlte sie deshalb an der Abendkasse ebenfalls den reduzierten Preis. Nachdem ich meinen Studentenausweis vorgelegt hatte, machte ich mich darüber lustig. Während wir zum Rang hinaufstiegen, nannte ich mich ihren Jungbrunnen, dergleichen mehr, aber Carla lächelte kaum.
Mit ihr ins Konzert zu gehen, erschien mir logisch, und ich fragte mich, warum ich nicht früher darauf gekommen war. Wir hatten noch Plätze am linken Flügel des Saales bekommen. Dort hatte man einen guten Blick. Wir waren zu früh, saßen längst, als die ersten Besucher in Abendgarderobe hereintröpfelten. Ich nickte unseren Sitznachbarn zu und blätterte durch das Programmheft, ich spähte über die Brüstung auf die weißen Köpfe des Publikums herab. Carla hatte die Hände gefaltet. Als das Orchester eintrat, sich setzte, stimmte, auch als der Dirigent sein Podium erklomm, rührte sie sich nicht.
Es war ein Gastorchester, das auf Europatournee Station machte. Der Name sagte mir nichts, aber die Stücke der ersten Hälfte, eine Ouvertüre und ein Klavierkonzert, gehörten zum klassischen Repertoire. Der Kapellmeister war unsympathisch. Er plusterte sich zu sehr und zu häufig auf, doch die Musiker, als wollten sie ihn besänftigen, reagierten beherrscht auf die Schwünge seines Taktstocks. Sie spielten klar und überlegt und ließen ihren Leiter wirbeln. Der Pianist, ein junger Armenier mit vor Haargel starren Locken, fügte sich ein. Je wilder der Dirigent mit den Armen ruderte, desto gelassener perlten seine Verzierungen

und Läufe, und obwohl ich das Konzert gut kannte, wirkte es, so nüchtern und uneitel gespielt, wie ein neues Stück.
In der Pause sprach ich mit Mrasek, Chang und Lodenreiter. Sie hatten Abonnementskarten, sie freuten sich, dass ich endlich einmal auch gekommen und ihrer Einladung gefolgt sei, von der ich nichts mehr wusste. Wir kauften Sekt. Lodenreiter erzählte von einem Professor, der ein Verhältnis mit einer Studentin angefangen hatte, wobei es ihm gelang, Carla nur ein- oder zweimal mit seinen Blicken zu streifen. Mrasek war wie immer noch besser informiert, erklärte, dass es sich um eine Jazzsängerin handele, die unscheinbar aussehe, auf der Bühne aber, mit einem Mikrofon in der Hand, ein Charisma entwickle, dass ihr jeder Mann zu Füßen liege. Er brüstete sich, selbst schon mit ihr nach Hause gegangen zu sein, und ich wollte das bezweifeln, ich wusste, dass er in dieser Hinsicht oft ungeniert log, aber der dritte Gongschlag, der uns zurück in den Konzertsaal rief, schnitt mir die Widerrede ab.
Die zweite Hälfte bestand aus einem modernen Stück mit französischem Namen, den ich nicht übersetzen konnte. Es kam mir vor, als trete der Dirigent sanftmütiger an seinen Platz zurück, als seien im Gegensatz nun die Mienen der Orchesterspieler grimmiger und entschlossener. Die Komposition entfaltete sich rasch und stand im Saal wie ein fremdartiger Altar. Unbegreifliche Schnörkel, ornamentale Ausläufer erschienen, manches war schroff und fast brutal. Ich faltete das Programm zusammen und schob es in die Hosentasche. Als die Aufführung beendet war, fand ich mich aufgestanden und applaudierte. Eine Zugabe gab es nicht.

Trotzdem verpassten wir die Bahn. Um wieder in unseren Teil der Stadt zu gelangen, hätten wir zwanzig Minuten warten müssen. Ich schlug vor, zu Fuß zu gehen, die Nacht sei jung, sagte ich, und wir bräuchten doch frische Luft. Carla nickte. Seit drei Stunden hatte sie kein einziges Wort gesagt.

An der ersten Bushaltestelle blieb sie stehen. Es war schwül, der Straßenrand von Bäumen gesäumt, die ihre knochigen Äste in den Nachthimmel krallten. Ich drehte mich um. Carla stand stur und gerade wie die Stange mit dem Haltestellenschild. Das Licht der Laternen fiel ungünstig. Vielleicht standen sie in diesem Teil der Stadt auch weiter voneinander entfernt als gewöhnlich. Jedenfalls konnte ich Carlas Gesicht nicht erkennen. Ich kniff die Augen zusammen, doch es blieb im Dunkel, nur ihr Schatten reckte sich nach mir, der Scheitel zu meinen Füßen fast gänzlich im Grau des Gehsteigs aufgelöst. Ich fragte, warum sie wütend sei.
Das Sektglas zur Pause hatte sie hinuntergestürzt, hatte, zum Erstaunen von Mrasek, Chang und Lodenreiter, sofort ein weiteres bestellt, dieses dann trotzig unangetastet gelassen, bis wir zurück in den Saal gingen. Sie hatte nicht reagiert auf meine Bemerkungen, hatte den Schlussapplaus boykottiert, mir ihren Mantel an der Garderobe abgenommen, bevor ich ihr hineinhelfen konnte. Jetzt stemmte sie die Hände in die Hüften und schüttelte heftig den Kopf. Die ersten Tropfen fielen. Einer zerplatzte mir warm auf der Stirn, ein Auftakt, denn gleich darauf prasselte es los. Das Sommergewitter entlud sich ohne Warnung, scheuchte donnernd die Menschen zusammen, sie kamen aus den Seitengassen

gerannt, wo man sie nicht hatte sehen können, und hielten die Hände über den Kopf. Alle liefen auf das kleine Wartehäuschen der Haltestelle zu, suchten Schutz, befremdet zusammengedrängt und mit hochgezogenen Schultern. Ich rannte ebenfalls, rannte auf Carla zu und rutschte aus beim Versuch, vor ihr stehen zu bleiben. Hart schlug ich auf den Gehsteig. Es spritzte aus dem Rinnstein, über dem Asphalt lag feiner Sprühnebel. Carla rührte sich nicht. Ich rappelte mich auf, das Hemd klebte mir am Körper, ich musste schreien, schrie Carla an, dass wir uns unterstellen sollten, doch sie riss sich los, stampfte, blieb stehen. Der Regen nahm zu, es goss, und in dem rauschenden Getöse hörte ich kaum meine Stimme überschnappen, sah mich vage lächerlich große Gesten vollführen, ruderte gegen die Sintflut an und brüllte, dass sie ja nicht hätte mitkommen müssen. Sie hätte sich weigern können, ich hätte sie nicht zwingen wollen, es sei ja ein Vorschlag gewesen, und überhaupt könne ich keine Gedanken lesen, ihre, bitteschön, erst recht nicht. Carla bewegte die Lippen, aber ich verstand kein Wort, brüllte weiter, die Menschen im Wartehäuschen blickten ängstlich herüber, als hinge der weitere Verlauf des Unwetters allein von uns ab. Wenn sie es so schlimm, so lächerlich finde, dann solle sie doch bitte schreien, schrie ich, und dass ich eben geglaubt hätte, vielleicht gefiele es ihr. Meine Hände fuhren wirr durch die Luft, ich hatte nichts mehr zu sagen, steckte sie, so nachdrücklich es ging, in die klatschnassen Taschen, atmete aus. Der Bus kam, womit offensichtlich niemand gerechnet hatte. Die Türen schoben sich auf, aber keiner der Passanten wollte das schützende Haltestellenhäuschen räumen.

Auch keiner der Businsassen wollte hinaus, die Fahrgäste legten nur erstaunt ihre Gesichter an die Scheiben, um zu sehen, welches Paar dort stumm wie ein Denkmal im Platzregen stand. Schließlich lösten sich widerstrebend einzelne Gestalten aus dem Wartebereich, vielleicht aus Mitleid, zögernd stiegen sie ein, und der Bus, als sei er ausnahmsweise mit geringer Beute zufrieden, schloss sich mit lautem Zischen. Als er anfuhr, begann Carla zu rufen. Einzelne Wörter, ich versuchte, sie ihr von den Lippen zu lesen. Erst, nachdem der Wagen um die nächste Kurve gebogen war, konnte ich Brocken verstehen. Kopfsatz, rief Carla durch das Gewitter. Symphonie, Dissonanz, Variation. Kunstlied, Epoche, Hauptsatzform. Thema, Takt, Motiv.

Wir vernachlässigten unsere Freunde, die Huren und Zeitungsausträger, wir gingen zu mir und wickelten uns in Handtücher ein. Das frisch gerubbelte Haar starrte wie Stroh von unseren Köpfen. Stumm lagen wir nebeneinander, ließen größtmöglichen Abstand zwischen uns und blickten auf meine Fensterscheibe, über die versprengte Tropfen irrten wie Schwärme von Kaulquappen, von Zeit zu Zeit auseinanderstiebend auf der Flucht vor einem unsichtbaren Feind.
Das Unwetter hatte so rasch nachgelassen, wie es gekommen war. Carla schwieg wieder. Wortlos hatte sie ihre Kleider abgestreift, lag nun da, kalt, nackt und stumm, eine entführte Meerjungfrau. Ich probte Sätze in meinem Kopf, mit denen ein versöhnliches Gespräch zu beginnen wäre. Manchmal räusperte ich mich, aber mir fiel nichts Vernünftiges ein. Ihre blasse Schulter

ragte in mein Blickfeld. Wind strich ums Haus, und dann sagte Carla, sie habe sich Bücher geliehen.
– Ich habe mir Bücher geliehen, Hasenmeister.
Es dauerte, bis sie fortfuhr. Carla erzählte stockend von den Stapeln neben ihrem Bett: Harmonielehre, Notenfibeln, Biografien von Komponisten, Bücher über Epochen und Werke, über Instrumentierung und Sonatenhauptsatzform. Eine kleine Klavierschule, ein Band mit den wichtigsten Begriffen und einige Ausgaben der angesehensten Zeitschrift für aufstrebende Künstler und Plattenkritik, sämtlich versehen mit roten Karteiaufklebern der örtlichen Leihbücherei. Als sie mit ihrer Aufzählung fertig war, blickte sie noch starrer geradeaus, erzählte den Kaulquappen, wie sehr sich ihr Mann gewundert habe, gewundert habe er sich eigentlich seit Jahren über nichts mehr. Sie betonte jedes Wort, als verlese sie eine Klage. Ihr Mann habe sogar gefragt, was das solle, er wisse schließlich, dass sie sich noch nie für Musik begeistert habe, für keine Sorte davon. Die Kaulquappen zogen schmale Schlieren über die Scheibe. Carla seufzte. Das Notenlesen habe sie noch in der Schule gelernt. Inzwischen komme sie zwar nicht mit dem Bass-, aber wieder mit dem Violinschlüssel zurecht, doch für Konzerte, sagte sie, sei sie noch nicht bereit, das käme zu früh, das könne sie nicht, sie sei sich schlicht noch nicht im Klaren, wie man zu hören habe. Durchführung, sagte Carla. Auflösung, Hinführung, Tristanakkord. Dominante, Subdominante. Andante, Adagio, Largo.

Ich drehte mich auf den Rücken. Mein Arm berührte ihren. Ich sah zur Decke und war merkwürdig froh. Sogar lachen musste ich, ließ mir die Erleichterung zu

Kopf steigen und kicherte, prustete, ächzte. Carla wartete, bis mein Anfall verebbt war, bis ich bereit war, mich zu erklären, wartete so lange, bis ich die Tränen aus den Augenwinkeln gewischt hatte, und schnitt mir dann das Wort ab mit einem Blick. Sie stand auf, zog sich an und ging.

Ich drehte mich auf den Rücken. Mein Arm berührte ihren. Ich holte Luft, wusste nicht, wo ich anfangen sollte, sagte dann, sie müsse die Bücher zurückgeben. Besser noch wegwerfen, verbrennen, erklärte, dass sie nicht nach Exposition und Reprise suchen solle, sondern sich zurücklehnen, warten, bis eine Begleitfigur zur Melodie werde, bis Stimmen sich kreuzten, bis Phrasen sich entwickelten von einer Randbemerkung zu einer unbeschreiblichen Idee. Dass sie ihr Gehör an Nuancen gewöhnen solle, Motiven und Spuren folgen, statt den Quintenzirkel aufzuspannen, dass es hier keine Symptome zu entdecken gebe, sondern die Hoffnung in der Melancholie, die Trauer im Triumph, Gefühle, tiefe, raue, große, schwülstige, zärtliche, rachsüchtige, übertriebene, wehmütige, nicht zu bändigende, Herrgott noch mal. Herrgott noch mal, sagte ich, und Carla sagte nichts.

Ich drehte mich auf den Rücken. Mein Arm berührte ihren. Ich zählte bis zehn, dann bis fünfzig. Dann drehte ich mich wieder auf den Bauch, so ungeschickt, dass ich dabei halb auf Carla landete, dass es Gelegenheit gab, sie in den Nacken zu küssen, ihr durch das Vogelscheuchenhaar zu streichen.
– Lass das, Felix.

Sie stieß mich von sich. Der Wind nahm zu und rüttelte am Fundament des Hauses, das mir noch nie besonders stabil erschienen war. Im ersten Stock klapperten Fensterläden, auf denen die älteste Mieterin der Straße als Einzige bestand. Carla sah mich an, dann zog sie mich wieder zu sich.

23:54, Carla
ich fahre dich jetzt suchen felix. du tätest mir einen gefallen wenn du sagtest wo du bist felix. dann könnte ich mir die mühe sparen felix. und benzin. gruß c

Katzenfutter. Ich rieche das Katzenfutter. Seit Stunden bin ich hier, und jetzt rieche ich das Katzenfutter, als käme der Geruch mit einem Windstoß herein. Dabei hat sich die Luft so wenig bewegt wie ich. Das Aroma herrscht schon jahrelang, es hält sich wie ein bizarres Gerücht. Ich habe nie eine Katze besessen. Ich wüsste es selbst nicht einzuordnen, aber wir, die wir hier studieren, sagen stets, es riecht nach Katzenfutter, in den Übezellen stinkt es nach Katzenfutter, so sagen wir, und: Daran sind die Koreaner schuld.
Die Koreaner sind Chinesen, Japaner und Vietnamesen, Südkoreaner, Kambodschaner, Indonesier, Thai. Wir schätzen sie nicht. Wir ignorieren ihr schüchternes Lächeln. Wir klatschen nie länger als nötig. Dabei sind sie brillant. Reisen Jahr für Jahr in Scharen zu den Aufnahmeprüfungen an und blamieren die Professoren, die mit der Aussprache ihrer Namen immer noch überfordert sind. Hocken kichernd auf den Gängen oder kauen sich die Unterlippen wund, bis sie hereingerufen werden. Dann packen sie Instrumente aus, die glänzen wie bemaltes Plastik. Wir schimpfen sie Maschinen. Wir sagen, sie spielten seelenlos, austauschbar, monoton. In der Mensa schneiden wir sie, auf dem Gang blicken wir fest in ihre dunklen Augen, wir behaupten, sie blockierten die Übezellen, ihr Fleiß grenze an Besessenheit. Die Koreaner, sagen wir, riechen nach Katzenfutter, die Koreaner essen nur Kat-

zenfutter, oder wir malen Katzen mit Schlitzaugen an die Wand.

An den Geruch müsste ich längst so sehr gewöhnt sein, dass ich ihn selbst dann nicht mehr wahrnehmen dürfte, wenn ich danach schnupperte. Doch jetzt ist er da. Als sei er es zuvor nicht gewesen.

Als hätte sich etwas verändert.

Ich atme durch den Mund.

Meine erste Lehrerin schlich um das Haus. Sie wand sich zwischen Büschen und Sträuchern hindurch und verschmolz mit der einsamen Birke. Die Hecke glitt sie entlang, pirschte über den Rasen, lag erdverschmiert im Gemüsebeet und zischte, wenn ich Kompost hinaustrug.
Nachdem Vater mich von ihrem Unterricht abgemeldet hatte, rief sie uns täglich an. Das Telefon läutete dringlicher als sonst. Es klingelte länger und brach abrupt ab. Der Hocker, auf dem der Apparat stand, bebte.
Weil die Anrufe unbeantwortet blieben, hörten sie irgendwann auf. Stattdessen begannen Geräusche. Zunächst ein Rascheln im Garten, von dem sich nicht sagen ließ, warum es verdächtig klang. Ein Zweig schlug gegen die Scheibe. Drehte ich mich um, zuckte vor dem Fenster zuweilen ein Schatten vorbei.

Der Tisch in Vaters Haus bestand aus dunkler Eiche. Er war massiv, ein Tisch wie ein Grundgesetz, nicht wegzuschieben, nicht wegzudenken von dort. Die Frauen, die Vater ins Haus brachte, störten sich alle an ihm. Sie beklagten, dass das hölzerne Ungetüm nicht zur Umgebung passe. Zu groß sei es, zu ungeschlacht, sie stießen mit den Hüften an seine Kanten und bekamen blaue Flecke davon.
Manche der Frauen waren schön. Manche weniger. Einige erschraken, wenn sie mich sahen, andere beachteten mich nicht. Die meisten waren freundlich, erkundigten sich nach Geschwistern, wollten wissen, wo meine Mutter sei. Wieder andere musterten stumm unsere Stuckdecke, studierten die Pflanzen im Wintergarten, die Ölbilder an der Wand. Ich brachte Kaffee.

Vater trank eine Tasse. Dann hatte ich auf mein Zimmer zu gehen.
Während die Frauen noch über den Tisch klagten, holte Vater seine Geige hervor. Er übertönte ihre Beschwerden mit Leichtigkeit. Ich hörte ihn durch das Haus. Sein Konzert dauerte manchmal lange an, manchmal nur Minuten. Vater spielte, wie nur Vater spielen konnte. Anschließend führte er sie ins Obergeschoss.

Meine erste Lehrerin schabte an der Fassade. Sie kratzte die Hauswand entlang. Es jagte mir Schauer über den Rücken. Rannte ich hinaus, war niemand zu sehen. Ich schlief schlechter. War ich allein daheim, fuhr ich allenthalben überraschend herum. Es scharrte im Fundament des Hauses. Ich stellte Mausefallen auf, doch sie blieben leer.
Eines Morgens kauerte meine erste Lehrerin auf dem Fahrradschuppen. Bei ihrem Anblick fiel mir die Tüte mit dem Pausenbrot aus der Hand. Ich rief, sie solle herunterkommen. Meine Lehrerin antwortete nicht. Ich winkte, doch sie starrte nur mit eisblauen Augen hinab.
Am Nachmittag war sie fort. Ich stellte meine Tasche in den Flur und begann, den Garten abzusuchen. Nichts war zu finden außer einem Stöckelschuh, der einsam im Rosenstock hing. Vater saß mit Besuch beim Kaffee. Ich kam herein, ich warf den Schuh in den Abfall und wollte auf mein Zimmer gehen. Da hämmerte es gegen unsere Tür, dass die Gläser im Schrank klirrten.

Die Frauen, die Vater ins Haus brachte, verweigerten sich einem Schema. Es verband sie nichts, abgesehen von ihrer Abneigung gegen unseren Tisch. Manchmal waren sie groß, manchmal klein, manche kurz-, manche langhaarig. Allen spielte Vater vor, mit allen trank er Kaffee. Als die Belagerung durch meine Lehrerin begann, trank er ihn hastiger als gewöhnlich. Bald ließ er die halb volle Tasse stehen und schickte mich fort.

Manche waren blond, manche brünett. Keine kam ein zweites Mal. Hinterher schrieben sie Briefe. Ich klaubte sie ungeöffnet aus dem Müll. Die Buchstaben darin waren von wehmütigem Schwung. Doch die Briefe wurden seltener, die Frauen selbst wurden nervös. Zunächst beschränkte es sich auf ein leichtes Stottern. Standen sie in der Tür, klangen ihre Stimmen gepresst. Zwar kamen sie herein, doch vergaßen sie, über den Tisch zu klagen, saßen davor, verkrampften die Hände, rutschten hin und her.

Der Tisch in Vaters Haus bestand aus dunkler Eiche. So massiv war er, dass ein schlichtes Davorsitzen eigentlich unvorstellbar schien. Sich hinter ihm zurückzulehnen, wäre dem Versinken gleichgekommen, weshalb alle interessierten Gäste den Oberkörper nach vorn beugten. Doch die Frauen, die Vater in diesem Sommer ins Haus brachte, waren nicht interessiert. Sie waren in Eile. Nach kurzer Zeit standen sie auf. Der Tisch war kein Thema mehr. Vater brachte sie hinaus und packte anschließend seine Geige ein.

Im Sommer verschwand meine erste Lehrerin häufig. Sie blieb wochenlang fort. Die Geräusche hörten auf, der Spuk war vorbei und ich ebnete die Spuren in den

Beeten ein und mähte den zerfransten Rasen. Doch jedes Mal kehrte sie zurück, machte sich durch ein Knirschen an den Dachziegeln bemerkbar, klapperte auf der Terrasse und zertrat Zweige mit einem so leisen Knacken, dass ich unwillkürlich erschrak.

Im Herbst gab sie ihre Zurückhaltung auf. Sie kauerte neben dem Tor, wenn ich vom Einkaufen kam, oder sie hockte auf dem Fenstersims zur Küche. Dann grub sie den Garten um, wühlte mit beiden Händen durch die Blumenkästen und schleuderte Dreck an die Scheibe. Die Farnstängel knickte sie, die Tulpen rupfte sie aus dem Boden, den Efeu riss sie von der Wand und zerfledderte sämtliche Blätter. Als sie wusste, dass ich hinsah, verschlang sie mit einem Bissen vier Petunienköpfe. Sie tobte und durchpflügte das Gras.

Im Winter sah das Erdreich aus, als hätten Horden gewütet. Unsere Nachbarn füllten glotzend die Balkone rundum. Allenthalben türmten sich Statuen von Holz, Tonsplittern und Lehm, gespickt mit den Scherben geschändeter Keramikzwerge. In frostigen Talsenken lagerte ein Gemisch aus Kies und verdorrten Gänseblümchen. Furchen waren über das Grundstück gezogen, Geäst und Blattwerk flog umher. Meine Lehrerin kniete inmitten der Trümmer. Sie schnaubte und raufte das Haar.

Trotz der Kälte schlief sie unter der Tanne. War sie früher noch bei Einbruch der Dunkelheit abgezogen, blieb sie nun Tag und Nacht. Vater seinerseits blieb immer länger in seiner Praxis. Zuweilen schlief er sogar dort, kam nur, wenn er frische Hemden brauchte, Akten, Bücher, sein Schachbrett. Um ungesehen ins Haus zu gelangen, stieg er auf die davorliegende Garage und

kletterte durch das Badezimmerfenster. Das fand ich zufällig heraus. Ich wollte zur Toilette und öffnete die Tür, da hing er im Rahmen. Ich hielt inne. Auch Vater stockte, rutschte dann auf die Fliesen hinab und wusch sich schweigend die Hände.
Nach und nach schaffte er alles, was er zum Leben brauchte, fort. Er hinterließ lückenhafte Regale, lampenlose Zimmer und einen Kühlschrank, in dem nur faulte, was er ohnehin nicht gern aß. Nur seine Geige blieb daheim. Wenn doch noch einmal eine Frau in der Tür stand, musste sie griffbereit liegen.

Die Frauen wurden hysterisch. Sie torkelten atemlos über die Schwelle. Manche zappelten aufgeregt, manche erstarrten und kippten gegen den Mantelständer, manche verfingen sich heillos in ihrer zerzausten Frisur. Bis zum Tisch kamen sie überhaupt nicht mehr, kreischten bereits im Flur nach einem Stuhl und kalten Wickeln. Ich brachte beides, brachte Baldrian dazu. Manche zitterten so stark, dass ihnen die Ringe von den Fingern rutschten. Sie fielen klimpernd zu Boden, die Ohrringe vibrierten wie Insektenflügel dazu. Vater warf lediglich einen kurzen Blick darauf, bevor er die Geige einpackte. Er packte aus und wieder ein, während ich auf die Frauen einredete, ihnen Luft zufächelte und die Kratzspuren an ihren Hälsen mit Pflastern überklebte. War der erste Schreck überwunden, wollten alle das Haus verlassen, die Straße, möglichst das Viertel, die Stadt. Sie griffen nach Küchenmessern und flüchteten geduckt.
Nachdem sie fort waren, packte Vater noch eine Weile seine Geige ein und aus. Er bekam keine Briefe mehr. Auch die Zahl der Besuche nahm ab. Als der erste

Schnee fiel, hörten sie vollständig auf. Vaters Kasten setzte Staub an und zog sich unter das Sofa zurück. Die weißen Flocken wuchsen, fielen dichter und machten die Straßen für mein Fahrrad unpassierbar. Ich musste zum Unterricht gefahren werden. Vater holte mich mit dem Auto in einer Parallelstraße ab.

Es war der Tag, an dem wir meinen zweiten Lehrer verließen. Nach der missratenen letzten Stunde stieg ich in der Parallelstraße wieder aus. Immer noch zitterte die Radioantenne des Wagens. Ich hatte kaum die Tür zugeworfen, als Vater davonfuhr. Er brauste durch das Schneegestöber. Ich sah ihm nach, dann stapfte ich los und durchsuchte mit klammen Fingern meine Taschen nach dem Schlüsselbund.
Die vielen Instrumente hallten mir in den Ohren. Natürlich!, hörte ich es rufen, ich hörte es meckernd lachen, ich fror. Das Türschloss war vereist. Ich stieß mit dem Schlüssel dagegen, rüttelte, musste schließlich hineinhauchen, bis der Mechanismus nachgab. Schlotternd stolperte ich in die Diele und streifte meine Jacke ab. Das Haus war kalt, der Tank für die Heizungen leer. In der Küche machte ich einen Topf heiße Schokolade. Vor dem Fenster riss meine erste Lehrerin die Rinde vom Birkenstamm.
Ihr Atem stieg in Wölkchen auf. Der alte Baum wankte. Er neigte sich, doch die Birke war zäh. Ich sah zu, trank aus meiner dampfenden Tasse und presste nach jedem Schluck die Lippen aufeinander, bis sie zusammenklebten. Es dämmerte. Meine Lehrerin keifte. Ich beschloss, noch ein wenig zu üben.
Seit ich die Gelegenheit dazu besaß, hatte ich mir zur

Aufgabe gemacht, im ganzen Haus zu spielen. Früher war es mir nur in meinem Zimmer erlaubt gewesen. Inzwischen hatte ich beinahe alle Räume erprobt. Nur das Wohnzimmer fehlte noch, das hatte ich mir für eine besondere Gelegenheit aufgehoben. Ich stimmte die Saiten. Mein zweiter Lehrer hatte mich stets genötigt, auswendig zu spielen. Es half, um sich auf den Ton einzulassen. Tatsächlich nahm ich ihn besser wahr. Mit geschlossenen Augen spielte ich die Etüden, sie liefen fast automatisch ab, sodass ich meine Aufmerksamkeit auf den Klang konzentrieren konnte. Je mehr ich darauf achtete, desto faseriger erschien er mir. Trotzdem gab es Fortschritte, wurde die Stimme der Geige von Mal zu Mal klarer, ließ sich formen und bändigen. Ich bedauerte, dass ich in meiner Stunde nicht zum Spielen gekommen war. Man hätte mich, dachte ich, loben müssen. Ich stimmte nach. Erstaunt bemerkte ich, wie ruhig es plötzlich war.
Meine erste Lehrerin saß vor dem Wohnzimmerfenster. Wie eine sonderbare Blume wuchs sie aus dem Schnee. Die grünen Augen blickten versonnen, doch als ich nähertrat, schnellte sie auf die Beine. Sie schlug gegen die Scheibe. Ich nahm die Geige zurück ans Kinn. Meine Lehrerin zeigte die Zähne, ich spielte hastig, fand in Tonleitern hinein, fuhr mit Dreiklängen fort, spielte Terzen, Oktaven, sie setzte sich wieder hin. Ich hatte die Ruhe verloren. Die Quinten gerieten fürchterlich schief. Es schien sie nicht zu stören. Zur Sonate wippte sie sogar im Takt. Ich verhaspelte mich, vergaß die Noten, setzte noch einmal an. Die Striche kamen mir in die Quere. Meine Lagenwechsel waren steif, das Vibrato eine Katastrophe, doch meine Lehrerin wirkte

vergnügt. Auch das Konzert gefiel ihr, sie rührte sich nicht bis zum Schlussakkord, der, zu meinem eigenen Erstaunen, sauber und wuchtig geriet. Erst, als ich fertig war, wurde sie unruhig. Ihr Kopf ruckte herum. Sie wischte Schneeflocken beiseite. Mit den Nägeln fuhr sie die Steinplatten unserer Terrasse entlang. Es schlug Funken. Mir blieb nichts anderes übrig.
Ich begann noch einmal von vorn.

Von da an übte ich täglich für Stunden. Ich griff nach dem Instrument, sobald ich aus der Schule kam. Meine Lehrerin, die den Vormittag mit der Folter von Hagebuttensträuchern, der Jagd auf den ersten Klee verbracht hatte, ließ vom Garten ab, setzte sich hin und lauschte. Es war nicht mein Können, das sie besänftigte. Vielmehr rief allein der Klang einer Geige Erinnerungen in ihr wach. Trotzdem wurde ich besser. Ich spielte mehr denn je. Das alte Etüdenheft erschöpfte sich schnell, ein neues versprach, schwerer zu werden. Tonleitern waren in allen Tonarten vorhanden, zu Terzen, Oktaven und Quinten kamen Sexten, sogar Dezimen, Tempi wollten variiert sein, Lautstärken, Stricharten auch. Ich versuchte jede Kombination. Schnell war meine Haltung entspannter geworden. Nach einiger Zeit glaubte ich, von allein fester auf dem Boden zu stehen. Die Bewegungen wurden geschmeidiger, ich erprobte sie an einer anderen Sonate, ging zu Solopartiten über, der Notenschrank bot reichlich Material. Meine Finger handelten mit verblüffender Sicherheit. Unerhörtes war ihnen zuzutrauen. Glissandi konnten gewagt, Sprünge riskiert werden, ich wählte oft hohe Lagen, weil es meist besser klang. Der Ton entwickelte kernige Züge. An meinem Hals blühte ein roter Fleck, der anschwoll, sich entzündete, doch sobald ich die Geige dagegendrückte, verklangen die Schmerzen sofort. Zum ersten Mal in meinem Leben übte ich ohne festen Lehrer. Ich spielte besser als je zuvor.

Es wurde Frühling. Der Schnee schmolz und legte erneut das Schlachtfeld im Garten frei. Wenn ich nun abends die Geige einpackte, saß meine Lehrerin inmitten der starren Landschaftsreste und vergaß weiterzuwüten. Erschöpft fiel ich aufs Bett. Meine linke Schulter spürte ich kaum noch. Ein grelles Fiepen lag mir im Ohr. Bevor ich einschlief, beschloss ich, Geiger zu werden.

Allerdings hielten meine Mühen nicht die Nacht über vor. Sobald es dunkel geworden war, begann meine Lehrerin zu wimmern. Der schroffe, kantige Silbenstrom, der ihr früher stolz von den Lippen gesprungen war, troff nun zäh und formlos herab, umwaberte das Haus und sickerte in die Ritzen. Selbst durch das Kopfkissen drang er, unter dem ich mich vergrub. Es war unmöglich, dem russischen Singsang zu entkommen. Zu wehmütigen Seufzern wälzte ich mich, zu endlosem Aufheulen rieb ich die Augen und sehnte den nächsten Morgen herbei, wenn der Klagegesang, sobald die Sonne das Trümmerfeld erreicht hatte, langsam abfloss, versiegte.

Es wurde Sommer. Die Wärme stachelte meine Lehrerin auf. Während ich in der Schule war, zog sie die Hecke aus dem Boden und warf Büschel in die Grundstücke ringsum. Wir bekamen Klagen. Ich stapelte die

Kuverts im Flur und schrieb Zettel für Vater dazu, doch nichts deutete darauf hin, dass er sie jemals las. Der Stapel wuchs, ich legte daneben einen zweiten mit Rechnungen an.
Um mich abzulenken, suchte ich immer schwierigere Stücke aus dem Notenschrank. Meine Ansprüche waren gestiegen. Werke interessierten mich nur noch, wenn sie Herausforderungen boten. Im Schulunterricht fiel ich auf, weil ich, statt den Worten des Lehrers zu folgen, an der Tischkante meine Sehnen dehnte und die Spannweite meiner Hand zu vergrößern suchte, indem ich Bleistifte zwischen Daumen und kleinem Finger hielt. Oft ging ich leise pfeifend einzelne Passagen durch. Man ermahnte mich, es war mir egal.

Die Frauen, die Vater ins Haus brachte, waren zurechtgemacht. Zwar unterschieden sie sich in Stil und dem Grad ihrer Mühen. Doch die Zeit vor dem Spiegel war ihnen stets anzusehen. Manche trugen teure Kostüme, manche nur Bluse und Jeans. Manchmal sah ich komplizierte Frisuren, manchmal ausgefallenen Schmuck, manchmal frische Natürlichkeit, die wohl am aufwendigsten war. Nie zuvor aber war ich einer begegnet, die sich verkleidet hatte.
An diesem Nachmittag stand die Sonne tief. Hitze drückte auf die Stadt. Als ich endlich zu Hause ankam, klebte mir das Hemd am Körper. Trotzdem verlor ich keine Zeit. Ich warf die Schultasche hin, eilte zum Kasten und zog die Geige heraus. Gerade hatte ich die Stütze befestigt, als unsere Türglocke ging.
Mit Besuch war nicht zu rechnen. Lange schon hatte ich niemanden mehr auf unserer Schwelle gesehen. Die

Frau stand auf Absätzen wie auf Stelzen, doch das war nicht der Grund, aus dem sie hinschlug. Ihre blonde Perücke entblößte schwarzes Haar. Sie flatterte mit angeklebten Wimpern. Eine der Halsketten hatte sich gelöst und Perlen kullerten über den Boden. Ich wollte nach Vater rufen, doch Vater stand am Fuß der Treppe, als stünde er dort seit sehr langer Zeit.

Die Frau trat um sich. Ihr Angstschweiß durchdrang die Wolke billigen Parfums. Ich wischte eine Puderschicht von der Stirn, suchte das Riechsalz, vergaß das Wasser. Sie formte stumme Sätze, Vater schüttelte den Kopf. Während ich die Striemen an ihren Armen zählte, während ich auf die Bisswunde im Dekolleté eine Salbe gab, trottete er an uns vorbei und schnaubte. Aus Versehen packte er zuerst meine Geige ein. Ich erinnerte mich an das Wasser und er fluchte, griff nach dem richtigen Kasten und klappte die Schnappverschlüsse auf. Sein Rücken knirschte. Die Frau verdrehte die Augen. Vater griff nach dem Instrument. Ich fächelte Luft, er wischte die Klangstraße frei. Die Frau schluchzte. Vater fiel das Tuch herunter. Sie griff mit dünnen Armen nach mir und ließ Fingernägel in meiner Haut stecken. Ich überlegte, die Tabletten aus der Notfallschublade zu holen, da schlug Vater seinen Kasten zu.

Er schlug so fest, dass die Geigensaiten in Schwingung kamen. G-D-A-E hallte es, die Frau und ich, wir gefroren in Quinten, und Vater stampfte hinaus. Er warf die Tür hinter sich ins Schloss. In der Küche fielen mit blechernen Schreien die Töpfe vom Regal. Etwas prallte gegen die Hausmauer. Die Frau schnappte wie ein Fisch an Land. Ein Krächzen, ein Knurren, mir rieselte Putz in den Nacken. Dann stand Vater wieder im Hauseingang, auf seiner Stirn eine lange, blutige Schramme. Hinter ihm flimmerte der Rest unseres Rhododendrons, die Frau und ich, wir wagten nicht zu atmen, Vater stand dampfend in der Sommerluft.

In den Tagen darauf war ich wachsam. Ich hielt Ausschau, unternahm Kontrollgänge um das Haus. Vorsichtig richtete ich das Erdreich wieder her und pflanzte neue Blumen. Das Gartentor behielt ich im Auge, doch von meiner Lehrerin fehlte jede Spur. Vater bezahlte die Rechnungen, wies die Klagen ab und kaufte unseren Nachbarn einen Schwung neuer Harken. Zögernd kehrten Vögel in unseren Garten zurück. Schließlich sogar Eichhörnchen. Frauen dagegen kamen keine mehr. Die Schramme auf Vaters Stirn verheilte, doch eine Narbe blieb.

00:39
Sie haben keine neuen Kurznachrichten

Vaters Narbe war nicht zu sehen. Wenigstens nicht auf die Distanz. Nicht durch den Spalt zwischen den Vorhanghälften, nicht unter den Strähnen in seiner Stirn, nicht im schalen Einlasslicht unseres Konzertsaals, und wir, die wir hier studieren, wissen: Ist der Zuschauerraum erst einmal vollständig abgedunkelt, ist die Bühnenbeleuchtung hochgefahren, dann sieht man vom Publikum überhaupt nichts mehr. Ganz zu schweigen von dessen Narben. Dann ist man beschäftigt damit, nicht zu schmelzen im gleißenden Licht. Die Scheinwerfer werden grundsätzlich bis auf Anschlag gedreht. Unsere Beschwerden darüber haben wir eingestellt, den Protest aufgegeben. Trifft uns der grelle Kegel, so beißen wir auf die Zähne, wir schließen die Augen und spielen los.
Wieder dort. Auf der Bühne.
Das Licht. Der Schweiß im Nacken. Die Luft.
So stickig, dass sie den Hals zuschnürt. Oder den Hemdkragen schrumpft. Die Schatten.
Nur Schatten zu erkennen, nur Fußgetrappel zu hören, und laute Rufe, nach Hilfe, nach Saallicht und einem Arzt. Ich halte die Geige in der Hand, ich habe aufgehört zu spielen. Von Schleesdorf, der bleich hinter dem Flügel sitzt, jetzt aufspringt, an mir vorbeirennt zur Rampe und in den Publikumsgraben springt. Schweiß auf der Brust, an den Händen, Schweiß, der in meine Augäpfel beißt. Die Augen tränen. Nichts ist zu erkennen, aber ich weiß, was dort unten passiert.
Ich drehe mich um.

Den Kasten habe ich vorsorglich hinter den Flügel gestellt. Es ist nicht üblich, ihn mit auf die Bühne zu nehmen, ich musste es tun, musste darauf hoffen, dass es niemand bemerkt und dass ich ihn nicht brauche. Jetzt hervorziehen, aufklappen. Den Tumult ignorieren, der mir gegen die Schultern brandet, mich stumm gegen die Schreie stemmen, den zu Boden polternden Stuhl. Die Geige in meinen gestreckten Armen über dem offenen Kasten schwebend. Seine samtene, sattgrüne Violinform sieht mir fragend entgegen. Die Füße schmerzen, die Anzughose spannt, und dann sticht Carlas Stimme aus dem Getöse in meinem Rücken hervor. Die Geige entgleitet mir. Sie rutscht aus den Fingern und fällt, sie wird auf den Bühnenbrettern zerschellen, ich schnappe, fasse nach, erwische den Hals und halte sie zitternd, aber ich halte sie fest.

1. Stütze ab.
2. Bogen putzen.
3. Holzfläche reinigen.
4. Klangstraße wegwischen.
5. Hals, Griffbrett, Problemzonen.
6. Saiten säubern.
7. Lack polieren.
8. Riechen.

An meiner ersten Geige roch ich tagelang. Ich führte meine Kindernase sorgsam darüber hinweg, wieder und wieder, mit ehrfürchtiger Behutsamkeit, als würde ihr Duft durch grobes Schnüffeln unweigerlich verscheucht. Mit der Zeit wurde ich gieriger, ich roch mit mehr Entschlossenheit, versenkte das Gesicht so tief in den Geigenkörper, dass ich unsanft gegen die Holzoberfläche stieß. Nach jedem Atemzug hielt ich die Luft an, spürte nach und schmatzte leise. Ich bemühte mich um die genießerische Miene eines echten Gourmets. Auch bei den nachfolgenden Geigen, der Achtelgeige, der Viertelgeige, der halben, selbst bei der ganzen Geige forschte ich nach dem Aroma.

Nie roch ich etwas. Da waren keine Gerüche des Waldes, der Werkstatt, erst recht keine Charakterdüfte, kein unbeschreibliches Parfum. Die Hälfte meines Lebens jagte ich einem Duft hinterher, den es meiner Erfahrung nach nicht gab. Erst, als ich meine jüngste, meine letzte Geige bekam, gestand ich Vater, nichts zu riechen, und Vater, der diese Geige selbst gepflegt und gespielt hatte, beugte sich noch einmal über sie, streichelte das Holz, sog die Luft ein, blähte die Nasenflügel und lachte.

Auch an Vaters Geigenkasten hatte ich stets vergebens gekniet. Ich hatte an seiner Geige geschnuppert, mit wachsender Verzweiflung, nichts war mir in die Nebenhöhlen gestiegen als feiner, boshafter Staub. Ich hatte niesen müssen. Manchmal war mir auch übel geworden von dem sauren Mief, den ich mit einsog, chemische Frische, die sein Rasierwasser am Kinnhalter hinterließ. Rasiert hat sich Vater lange nicht mehr, so viel war durch den Vorhangspalt zu sehen, im Einlasslicht gut zu erkennen ein um fünf Jahre angewachsener Bart. Das weiße Gestrüpp wucherte von seinem Gesicht über die eingefallene Brust herab. Es reichte ihm bis zum Knie, nur ein verknöcherter Arm ragte darunter hervor und hing kraftlos an Carlas Ellenbogen. Sie waren die letzten, die ihre Plätze einnahmen, ich spähte hinaus, ich hielt die Geige bereits unter den Arm geklemmt, sah, wie Carla Vater bis in die dritte Reihe führte, wie die bereits Sitzenden rücksichtsvoll aufsprangen, obgleich selbst weißhaarig oder kahl. Sie führte ihn, er ließ sich mühsam auf einem Mittelplatz nieder, seine dünnen Haarsträhnen senkten sich wie Fühler auf die Lehnen des Stuhls, und dort, im Schatten der Sitzreihen, wo ich sie nicht mehr sehen konnte, wanderte seine fleckige Hand Carlas Schenkel hinauf.

Ich schwitze. Die Tropfen kriechen mir übers Gesicht. Sie rinnen die Lippen entlang, sie fallen von Nase, Kinn und Stirn und platzen auf dem Holz. Der Schweiß, meine Politur. Ich reinige die Geige sorgsam wie eine Mordwaffe. Jeden Moment wird man mich entdecken, nach mir rufen, mich fassen, eine Hand, ein Schraubstock um mein Schlüsselbein. Aber ich nehme mir Zeit. Gehe Punkt für Punkt für Punkt durch die Liste, ich will gründlich sein, das habe ich mir vorgenommen, im Fall der Fälle, so habe ich mir vorgenommen, packe ich meine Geige auf die einzig richtige Weise ein. Ich wische, reibe, streichle. Höre mich atmen, entsetzlich laut, was streng genommen unmöglich ist, denn hinter mir herrscht immer noch aufgebrachter Lärm. Da gellt es und trampelt und kreischt und rumpelt, und niemand achtet auf mich. Das Scheinwerferlicht brennt durch Jackett und Hemd und versengt mir die Haut an den Schulterblättern. Angekommen beim letzten Punkt, hebe ich die Geige vor mein Gesicht. Rieche. Schnüffle die Saiten entlang. Mein eigener Atem, Vorhangmuff, die Wäscherei des Anzugs. Ich komme näher, schnuppere dicht an der Holzoberfläche, wieder und wieder, ich flüstere mir zu: Nur ein Hauch genügt. Nur eine Ahnung, verspreche ich, nur eine zarte Idee des Geigengeruchs, und ich lasse das Instrument los. Dann lasse ich es fallen, dann fahre ich herum, renne zur Rampe, springe, stürze mit allem Schwung in das zum Knäuel erschrockene Publikum. So habe ich es mir vorgenommen: Wenn ich etwas rieche, wenn es da etwas zu riechen gibt, dränge ich mich durch die Menge, stoße Ellenbogen, trete Beine beiseite, falle notfalls vorwärts und schürfe mir blutige Knie. Ich rufe, ich rudere, bis ich durchgedrungen bin, ins Zentrum der Aufmerksamkeit, und dort, vor der dünnen, kleinen, hingeschlagenen Gestalt ringe ich nach Luft. Dort lache ich auf und vergrabe den Kopf in den Händen, schüttle ihn, werfe ihn in den Nacken, dort muss ich vor Scham im Konzertsaalboden versinken, weil ich ihm Lüge unterstellt habe, Täuschung, Hinterlist, Hass. Ich muss um Verzeihung bitten. Hoffen muss ich, dass es nicht zu spät ist, und mich fragen, wie ich nur jemals glauben konnte, er, dieser mein Vater, habe mir den Auftritt meines Lebens ruiniert, habe das Einzige getan, was er einer Geburt entgegenzusetzen weiß.

Wieder hier. Wieder auf dem Linoleum.
Kaltes Neonlicht, kalter Schweiß.
Ich muss schon lange so kauern. Seit Ewigkeiten halte ich eine unsichtbare Geige vor mein Gesicht.
Rieche.
Katzenfutter.
Der Geruch macht den Speichel süßlich. Als ich loslasse, aufstehe, wird mir schlecht. Der Kreislauf ächzt, die Lungen quietschen wie Türscharniere und ich schwan-

ke, dränge den Schwindel zurück. Ich zähle bis zehn, dann bis fünfzig. Vor mir hängt ungerührt der schwere, orangefarbene Vorhang. Er starrt vor Schmutz. Die unzähligen falschen Noten haben Schlieren darauf hinterlassen.
Ich gehe hinüber, ich reiße ihn auf.
Einen Lidschlag lang die Vorstellung, dass dahinter eine Leinwand wartet. Das alte Kino Erinnerung: Auf grobporigem Weiß blicke ich mir selbst ins Gesicht, mir mit vier, mir mit zwölf, mir mit zweiundzwanzig. Mir, über die Geige, mir, über Carla gebeugt.
Stattdessen wartet mein Publikum, die musikalischen Enthusiasten. Schwarz auf Beige sitzen sie da, stehen und hocken und fläzen sich, bei der Entblößung erstarrt.
Schlitzaugenkatzen.
Sie sind in jeder Zelle hinter jedem Vorhang angebracht. Wir, die wir hier studieren, malen Dutzende davon. Wir malen sie jede Woche, bei jedem Übegang. Manche grinsen. Manche fletschen die Zähne. Manche zwinkern oder blasen die Backen auf. Andere pfeifen, wieder andere stieren boshaft umher. Doch das täuscht, sie sind harmlos. Die Schlitzaugenkatzen sind unser Ventil. Wir müssen Dampf ablassen. Die Koreaner, sagen wir, riechen nach Katzenfutter, die Koreaner essen nur Katzenfutter, oder wir malen Katzen mit Schlitzaugen an die Wand. Die Koreaner, raunen wir, üben sechzehn Stunden am Tag, sie blockieren die Übezellen, einigen ist die Bratsche ans Kinn gewachsen, die Oboe an den Mund. Wir erzählen, viele hätten sich zu Tode geübt, spukten als Geister durch die Gänge und dünsteten Dreiklänge aus. All das behaupten wir

und mehr, wir übertreffen uns in Schmähungen, wir wetteifern um die größten, schönsten, schlitzäugigsten Katzen, wir sind faul und neidisch und deshalb nie ohne schwarzen Filzstift hier.
Es gibt sorgfältig gemalte ebenso wie hingeschmierte, ganze Katzen wie körperlose Katzenköpfe. Katzen mit Triangeln, Celli oder E-Gitarren, auch Katzen in Raumanzügen, Katzen auf Motorrädern, Katzen mit Stirnbändern, auf denen *Kamikatze* steht. Große und kleine und mittlere, Katzengruppen, Katzenorchester. Die Wand ein großes Katzenbild. Den Kampf gegen die Schmierereien hat man längst aufgegeben, wie auch den Kampf gegen den Katzenfuttergestank, von dem in Wirklichkeit niemand weiß, woher er kommt. Überhaupt weiß niemand, weshalb die Übezellen Zellen heißen, der Übetrakt Trakt. Es liegt wohl einfach nahe. Enge, fensterlose Räume in einer Reihe, die sich über ein Stockwerk erstrecken. Wir aber vermuten, dass das Konservatorium früher ein Gefängnis war, dessen oberstes Stockwerk man in seiner Architektur beließ. Etagenbetten wurden gegen Klaviere, Gittertüren gegen Holztüren getauscht, graue Wände beige gestrichen, Zellen zu Übezellen gemacht. Der einzige Unterschied aber, spotten wir, der einzig wesentliche Unterschied sei der, dass wir nicht mehr mit den Fingernägeln in den Stein zu ritzen gezwungen seien. Um Nachrichten, Signaturen und Schlitzaugenkatzen zu hinterlassen, haben wir die Filzstifte dabei, und obgleich wir zu diesen und wilderen Vermutungen fähig sind, hätten wir nie gedacht, dass dieser Unterschied einmal wirklich der einzig wesentliche sein könnte, für mich.

Ich kraule eine Katze am Kinn. Sie grinst, ihr Schnurrbart wächst sich zu Notenlinien aus, darin verirrte Achtel. Wäre sie am Leben, klimperte sie bei jedem Schritt. Ich könnte ihr Vorzeichen malen. Aber mein Filzstift liegt verschlossen im Geigenkasten. Dort wird er bleiben. Den Kasten werde ich nie wieder öffnen. Als ich lange genug vergeblich am Instrument gerochen hatte, legte ich es hinein, schloss die metallenen Sicherungsverschlüsse und stand auf.

Nicht umdrehen.

Nur nicht umdrehen.

Laufen.

Durch die schmale, schwarze Tür, die man nur sieht, wenn man weiß, dass sie da ist, weil sie ansonsten nahtlos in der Rückwand der Bühne versinkt. Dahinter ein bleicher Raum. Rechts die einsamen Haken und Kleiderbügel der Künstlerumkleide, unter der Sitzbank meine Straßenschuhe, am Boden ein unverstandenes Notenheft mit kyrillischen Schriftzeichen darauf. Weiter in den Flur, in dem das Licht seit Jahren streikt. Trotzdem drücke ich stets den Schalter, drückte ihn auch dieses Mal, aber lief, ohne aufzublicken, ins düstere Treppenhaus. Der Kasten schlug gegen das Geländer. Das Sirren der Metallstreben saß mir auf dem Weg hinauf im Nacken. Ich sah mich nicht um, ein Stockwerk, zwei. Der Lärm aus dem Konzertsaal war längst nicht mehr zu hören. Oberhalb der Tür zum Übezellenflur flackerte eine grüne Notausgangslampe, die mir nie zuvor aufgefallen war.

In schnellen Schritten über den blassen Teppichboden. Stehen bleiben nur vor dem Snackautomaten, dem Klotz, der seit Jahren in seiner Ecke brummt. Hastig warf ich mein Kleingeld hinein, trat ihn, bis er die Ware freigab, ich klaubte Müsliriegel und Wasserflaschen aus dem Ausgabefach hervor und sah mich um. Lief der nächstbesten Übezelle entgegen, sogar die Nummer habe ich vergessen, ich ließ ein paar Müsliriegel fallen und hob sie nicht auf. Hievte die verbliebenen Vorräte über die Schwelle, sie fielen zu Boden, ich stolperte nach, warf beide Türen hinter mir zu, ich zog den Schlüssel, drehte ihn um, zweimal, dreimal. Dann fiel ich gegen die Wand. Rutschte hinunter. Horchte.

Diese Stille.

Ich legte die Hände auf die Knie und pustete alle Luft aus meinen Lungen, bis mir der Brustkorb schmerzte. Ich atmete ein und aus. Und wieder ein, Carla.
Genau so sitze ich wieder, so atme ich immer noch.

Mein dritter Lehrer wohnte im Zentrum der Stadt. Sein Haus war klein und windschief. Ringsumher drängten sich dicht die strahlend neuen Mietshaustürme. Täglich zogen tausend Menschen, zehntausend Autos vorbei. Das Haus meines Lehrers wankte. Der Straßenlärm toste gegen die klapprigen Ziegel, rüttelte an den Verandapfählen, prallte gegen die ächzenden Fenster und schäumte ärgerlich auf.
Mein dritter Lehrer war ein großer Mensch, war schmal und hager und bleich. Er hatte struppiges schwarzes Haar und schwarze Augenringe. Wenn er mich ansah, lächelte er. Es fiel ihm nicht leicht. Er litt Schmerzen. Seine linke Hand war geknickt, die Finger krumm und starr.
Mein dritter Lehrer besaß keine Vitrine mit Wodka. Er hängte auch keinerlei Instrumente auf. Seine Wände waren kahl. Nur eine lose Bleistiftzeichnung hing an einem Nagel. Darauf war er selbst in jungen Jahren zu sehen. Er trug Frack und längeres Haar und Koteletten. Gerade setzte er zu einem heftigen Abstrich an. Hinter ihm konnte man das Orchester erahnen, darüber einen Publikumsrang, doch schien die ganze Umgebung allenfalls skizziert. Nur das Gesicht meines dritten Lehrers war liebevoll gezeichnet. Es zeigte Regung. Ein Schläfennerv zuckte. Das Kinn reckte sich vor, und manchmal kniff er die Augen zusammen, um den Ton noch mehr zu verdichten.

Vater begleitete mich zur ersten Stunde. Nach meinem dritten Lehrer hatte er lange gesucht. Ihm eilte ein großer Ruf voraus: Er sei Virtuose gewesen. Als er uns öffnete, verbeugte er sich, es ging ihm damals noch gut. Er

führte uns in das einzige Zimmer, das in Benutzung schien. Die Bodenbretter waren gebogen wie die Planken eines Schiffs. Ein Stuhl, ein kleiner Tisch, in den Ecken Notenstapel. Vater stellte sich in die Zimmermitte, mein dritter Lehrer setzte sich hin. Ich spielte ihm vor, er nickte verständig und sagte, er erkenne Talent. Wir könnten viel zusammen erreichen, ich müsse noch lernen, er freue sich schon, und übrigens sei es ausgeschlossen, dass mein Vater in den Unterricht käme.
Vater tobte. Infamie. Eine Frechheit, bodenlos. Er zahle Geld, er kenne sich aus, er wolle Fortschritte sehen. Was das für Methoden seien, wo kämen wir denn da hin? Mein dritter Lehrer nickte. Er habe vollstes Verständnis dafür. Leider könne er aber nichts ändern. Zwei Menschen zu lehren, überfordere ihn. Mehr sagte er nicht.
Vater fluchte. Unerhört. Gerede. Gefasel. Irrsinn! So nicht, giftete Vater, so nicht, geiferte er, unter keinen Umständen, brüllte Vater und schob mich aus der Tür. Er schob mich hinaus, über die Veranda, das Gras auf die Straße, er stampfte hinterher und spuckte, vor Empörung, vor Wut. Vater donnerte und schimpfte, bis wir um die Ecke bogen und das windschiefe Haus meines dritten Lehrers außer Sichtweite war. Dann verfiel er in Schweigen. Den restlichen Tag lang sprach er kein Wort. Auch am folgenden schwieg er. Die Woche über war er still, und wann immer ich ihn sah, starrte er grimmig zu Boden. Es wurde Zeit für meine zweite Stunde, aber er rührte sich nicht. Doch auch als ich den Geigenkoffer nahm, den Stadtplan einsteckte, die Jacke anzog, auch als ich langsam zur Tür hinausging, blieb mein Vater stumm.

Mein dritter Lehrer spielte verkehrt herum. Er hielt die Geige auf der rechten Seite und griff mit der rechten Hand. Die Bogenstange klemmte er sich links zwischen die starren Finger. Den Mangel an Beweglichkeit glich er mit Arm und Schulter aus. Das strengte ihn an. Er verkrampfte und schwitzte. Der Klang allerdings war makellos. Keuchend setzte er ab, wischte sich über Gesicht und Kehle und versicherte, so schwer, wie es aussehe, sei es nicht. Er habe nur spät mit der Übung begonnen. Übung aber!, sagte mein dritter Lehrer, Übung adle jedes Bemühen. Ich nickte und er schlug mich mit seinem Bogen zum Ritter.
Mein dritter Lehrer war krank. Es zehre, mehr sagte er nicht, wann immer ich ihn fragte. Fünf Jahre lang kam ich jede Woche in seinen Unterricht. An guten Tagen war er vergnügt und sprang mir durch den Flur voran, an schlechten hinkte er und stützte sich auf die Klinke. Dann saß er gebeugt auf seinem Stuhl, der Husten blähte ihm den Hals, es zehre, das hustete er, und zehre und zehre und zehre und irgendwann fresse es ihn.
Mein dritter Lehrer lachte. Ich hatte nach seinem Häuschen gefragt. Es kam mir vor, als sähen mir die Passanten verächtlich nach, wenn ich vom Bürgersteig abbog und über den Grünstreifen auf seine Veranda trat. Mein Lehrer gestand, das höre er oft. Seit Jahren schicke die Stadt ihm Briefe. Man wolle seinen Grund erwerben, das Angebot werde stetig erhöht. Er holte Papiere, blätterte darin, verlas eine Summe und pfiff durch die Zähne. Dann zog er mich mit sich. Wir wollen doch sehen, rief er, ob etwas nicht in Ordnung sei. Draußen bogen sich die Grashalme unter sanften Böen. Wir umrundeten das Haus, und mit seiner gesunden

Hand strich mein Lehrer die Bretter seiner Außenwand entlang. Als wir wieder den Eingang erreichten, blieb er stehen. Er kratzte an Moos. Ich sah zur Straße, sah kritisch erhobene Augenbrauen. Mein dritter Lehrer erzählte, er lade zuweilen trotzig die Leute, die vorbeigingen, ein. Aber niemand wolle sich nähern, es sei wie mit Musik. Die Menschen hätten Gespür dafür, was in ihre Zeit passe. Er seufzte, drückte die Tür auf und sagte, deshalb verkaufe er nie.

Vater sagte nichts. Wenn ich vom Unterricht zurückkam, sprach er nicht mit mir. Wollte ich ihm von meinen Fortschritten erzählen, verließ er schweigend den Raum. Ich zog mich in mein Zimmer zurück und übte. Nach einiger Zeit aber konnte ich ihn lauschen hören. In den Pausen hielt er die Luft an, in gelungenen Passagen brummte er. Ich setzte die Geige ab und riss die Tür auf. Vater stand vor mir, stand auf der Schwelle und sah mich nachdenklich an.

Mein dritter Lehrer lag auf dem Boden. Die Haustür hatte er angelehnt. Als ich ins Zimmer kam, stemmte er sich mit verzerrten Zügen hoch. Ich wollte Hilfe holen. Er lehnte ab, versuchte ein Lächeln, sagte, es sei nichts Ernstes. Es zehre heute eben ein wenig mehr. Beklommen packte ich die Geige aus, ich versicherte, wir bräuchten nicht lange, ich hätte kaum Schwierigkeiten gehabt. Nur an einer Stelle des Konzertes ein technisches Problem. Ein technisches Problem?, fragte mein dritter Lehrer. Er schüttelte sich. Als ich auf ihn zutrat, fluchte er und robbte davon. Mit rotem Kopf keilte er die Ellenbogen ins Holz. Ein technisches

Problem? Er pflügte bis zu dem Stuhl, auf dem seine Geige lag. Ich beschwor ihn aufzuhören. Er zog sich empor, griff nach dem Instrument, plumpste gegen die Wand und stöhnte. Ein technisches Problem! Die Sehnen an seinem Hals pochten. Er presste die Geige ans Kinn, begann zu spielen, mit zuckenden Armen, sein Körper bockte und bäumte sich auf, doch der Klang war ruhig und klar. Sein Ton floss, während die Beine Luft traten. Zappelnd brachte er Akkorde zuwege, kippte um und krümmte sich, aber er spielte weiter.

Mein dritter Lehrer war zweifellos der beste Geiger der Welt. Nur ich wusste das, nur ich konnte hören, dass er, trotz seines Schwindens, von Woche zu Woche besser wurde. Er erklärte mir nichts. Nie sprach er davon, wie dies oder jenes zu bewältigen sei. Er spielte mir vor, ich spielte nach und später hörten wir Musik. Immer schleppte er von irgendwoher den Plattenspieler herein, ließ sich nicht helfen und legte eifrig neue Werke auf. Die hörten wir dann, zweimal, dreimal, wir hörten sie, bis es Abend wurde. Wenn es Abend geworden war, schlief er zufrieden ein.

Mein dritter Lehrer war zweifellos der beste Lehrer der Welt. Er verfolgte mich in meine Träume. Dort stolzierte er kerngesund umher, von einem gelben Kegel aus Mondlicht verfolgt, er schwang den Bogen wie einen Spazierstock und plauderte angeregt. Einmal erzählte er mir, er habe eine Möglichkeit gefunden, sich von Musik zu ernähren. Allem anderen sprach er Gehalt ab und bewies es mir sofort, indem er nach Bett und Tisch und Topfpflanze in meinem Zimmer griff. Die Dinge lösten sich auf, es blieb weißer Dampf, der gleichgültig umherschwebte. Mein dritter Lehrer

schwebte mit und schwor, nichts habe Bestand außer Klang.
Mein dritter Lehrer war fort. Die Tür hatte offen gestanden. Ich trat in die Diele, ich rief nach ihm, doch das Haus war leer. Meine Stimme verkeilte sich zwischen den wenigen Möbelstücken. Ich setzte mich im Übezimmer auf seinen gewohnten Stuhl. Im Licht, das durch die Fenster fiel, tanzten Staubflocken. Nach einer Weile hörte ich ihre Melodie. Sie richteten sich nach fernen Tönen, die langsam anzuschwellen schienen. Ich erkannte kein Instrument, es waren merkwürdig klare Frequenzen, sorgsam geschichtet, sachte vibrierend, sie umspielten ein einfaches Thema. Ich stand auf, um ihre Quelle zu suchen, da klangen sie bereits ab.

Vater sagte nichts. In den fünf Jahren, die ich bei meinem dritten Lehrer lernte, war ich ihm über den Kopf gewachsen. Ich wuchs und wuchs und er sah zu mir auf. Sein Schweigen wurde tiefer. Nicht nur, wenn ich übte, stand er nun vor der Tür. Auch nachts schreckte ich manchmal auf, weil ich glaubte, ihn horchen zu hören. Sein angehaltener Atem, seine gespannte Aufmerksamkeit. Im Dämmer wähnte ich den kühlen Kopf eines Stethoskops über meine Glieder wandern. Als mich mein dritter Lehrer verließ, sah Vater mir ins Gesicht. Ich war kaum nach Hause gekommen, da wusste er, was passiert war. Ich ging auf mein Zimmer, ich übte dort, er lauschte nicht mehr. Er öffnete die Tür. Ich unterbrach, Vater trat ein und setzte sich aufs Bett.

Ich mag diese Stille, Carla.
Wie man die Stärke des Lichts an der Schwärze der Schatten misst. Ich atme ein, ich atme aus. Die Schlitzaugenkatzen starren. Ich meide ihren Blick und überhöre die stumme Frage. Ich kann ihnen keine Antwort geben. Ich bleibe vorerst hier.
Du wirst mich nicht finden, Carla. Du wirst deine Suche aufgeben, vielleicht hast du das längst. Ich kaue Müsliriegel. Das grelle Knistern des Zellophans. Zwischen meinen Kiefern zerbersten Gletscher, ich trinke Wasser dazu. Strecke die Beine. Kopf in den Nacken. Auf meiner Zunge scharfkantige Getreidereste.
Um zwölf werden im Konservatorium die Heizungen abgestellt. Das Gebäude kühlt über Nacht aus. Im Winter ist es morgens so kalt, dass sich die Professoren nicht vor zehn Uhr blicken lassen. Kommt man zur Öffnungszeit um sieben, sitzt nur die alte Sekretärin hinter ihrem sandfarbenen Schreibtisch, trägt eine Fellmütze und flucht. Die Kälte ist Gift für Muskeln und Gelenke. Austauschstudenten aus Südamerika klagen, das Haus sei ein Eisblock, nur Deutsche könnten in einem Eisblock spielen, und natürlich Koreaner, die allerdings überall spielen könnten, in der Arktis, in der Wüste, gerne auch auf dem Mond.
Mir macht die Kälte nichts aus. Die Stille hüllt mich ein. Ich muss nur gut genug hinhören, dann kann ich ewig bleiben. Das verstehst du nicht. Du wirst nie aus mir schlau werden, Carla. Du bist nie hier gewesen.

01:33, Carla
felix ich bin bei dir. hier ist nichts. nur schmutziges geschirr und 2 kerzen von vor 3 tagen du erinnerst dich. vor 3 tagen war ich noch hier und du auch und

01:33, Carla
trotz allem. trotz allem war es doch gut dass wir beide DA waren findest du nicht??!! gruß c

Bei 2 Kerzen vor 3 Tagen sagte ich Carla, dass mein Vater mich hasse. Ich hatte es nie zuvor ausgesprochen, der Satz klang trotzig und kindisch, und Carla schnaubte nur. Sie hielt nicht einmal inne, stapelte Noten, verschob Tisch und Stühle und ordnete meine Bücher nach einem undurchschaubaren System.

– Felix, wir sollten darüber reden. Du kannst so nicht weitermachen, Felix. Es geht nicht, Felix, verdammt noch mal, siehst du nicht, wo das hinführt?

Carla legte Hemden zusammen und türmte Teller im Küchenschrank. Mit raschen Schritten durchmaß sie mein Zimmer, schaffte Ordnung, rückte die Dinge gerade. Ihr Haar war zu einem strengen Knoten gebunden, wie sie ihn auch im Krankenhaus trug.

– So kann man nicht leben, Felix. Hör auf, dich wie ein Kind zu benehmen. Ich will dir nur helfen, Felix. Ich meine es gut.

Sie hatte es gut gemeint, als sie vor meiner Tür gestanden hatte, in jeder Hand eine Kerze. Beide hatte sie in den Hals je einer leeren Flasche gestopft, hatte ein Streichholz angerissen und die Flammen auf den Tisch gestanzt. Sie flackerten im Luftzug. Carla umkurvte mich ungehalten. Gut gemeint hatte sie es, als sie meine verstreuten Kleidungsstücke aufklaubte, meine Socken nach Farben sortierte, ich hatte meine Socken noch nie nach Farben sortiert gesehen. Ich war im Weg.

– Tu mir den Gefallen, Felix, finde dich damit ab. Selbst wenn ich wollte, ich kann es nicht mehr ändern.

Ich war ein Hindernis zwischen Spüle und Bett, eine Hürde auf schmutzigem Teppichboden, war keine Hilfe auf der Suche nach Putzmitteln, ich war trotzig und kindisch und wusste nicht, was mir sonst übrig blieb.

Carla wollte ins Bad und warf einen ungespitzten Bleistift mit Wucht in den Mülleimer.
– Felix!
Sie schob mich zur Seite und sich vorbei auf die Fliesen, verrückte die Klobürste und räumte das Waschbecken frei. Sie stellte Deospray neben Handcreme neben Aftershave und warf das Glas hinunter, das ich als Zahnputzbecher nahm. Das Glas zerbrach.
– Um Himmels willen, Felix! Wenn du die Vorstellung wirklich nicht erträgst, dann bitte ruf ihn doch selbst an!
Ich wischte mir meine feuchten Hände an den Hosenbeinen ab. Von irgendwoher drang eine Sirene. Carla kniete sich hin und las die Scherben auf. Dass sie es gut meine, dachte ich, dass sie mein Leben aufräumen wolle, dass sie doch ein schlechtes Gewissen haben müsse, und Carla hatte die Scherben in das Bodenfragment des Glases geklaubt, Carla seufzte und zog einen Lappen unter der Toilette hervor.
– Ruf an, sag, dass er nicht kommen soll, mach irgendwas, Felix, aber hör auf, im Weg zu stehen! Mir oder dir. Mach!
Sie hatte Staub von den Regalen entfernt, sogar den Schmutz darunter beseitigt, hatte Flusen von der Matratze gezupft und wischte nun entschlossen in den Ecken des Badezimmers, und wenn sonst nichts, dachte ich, dann ist es mein Badezimmer, das ein schlechtes von einem beunruhigend schlechten Gewissen trennt. Das wollte ich ihr sagen, und dass ich hier das Wort führen müsse, und dass sie nicht zu bestimmen habe, was ich wann machte oder nicht, dass sie vor allem nicht für mich machen könne, was ihr einfiele, wollte ich

sagen, und griff nach dem Mülleimer, den sie bis an den Rand gefüllt hatte, hob ihn, kippte ihn aus. Der ungespitzte Bleistift fiel zu Boden, darauf Bananenschalen, Briefumschläge, Asche, Plastikbecher, Kippen und Kaffeesatz, Pfirsichkerne, verdorbener Fleischsalat, Essigreiniger und zwei Zahnpastatuben, einige Knäuel Papier, zerdrückte Coladosen, Teebeutel, Taschentücher, Joghurtbecher, schimmliges, altes Brot. Ich hielt den leeren Eimer. Carla lehnte in der Tür.
– Oder du sprichst einfach nicht mit ihm. Du spielst, du gehst von der Bühne, das war's.
Sie nahm mir den Eimer aus der Hand, legte vorsichtig das zersplitterte Glas hinein und nahm ein neues aus der Spüle. Ich wiederholte: Mein Vater hasse mich. Carla war bereits wieder im Bad verschwunden, ich hörte meinen Duschvorhang rascheln, hörte sie dazwischen undeutlich von Mülltrennung sprechen, ich schlüpfte in meine Schuhe und ging.

Vaters Nummer hatte Carla aus dem Telefonbuch. Sie erzählte es, als müssten mir die Zahlen auf der Stirn geschrieben stehen. Als sie mich anrief, tat sie es zum ersten Mal aus dem Krankenhaus. Sie hatte ihn gerade erreicht, das hatte sie mir nur sagen wollen, und dass sie ihn eingeladen habe zum Konzert. Ich hörte ein Piepen, ich hörte jemanden im Hintergrund reden, ich sagte: Was?, sagte: Bitte was? Wie?, und Carla sagte, dass sie Schluss machen müsse, vielleicht käme sie später vorbei. Sie legte auf. Es war acht Uhr früh.
Ich glaubte an ein Missverständnis. An einen abstrusen Scherz glaubte ich, den ganzen Vormittag lang, wiederholte unser Telefonat Wort für Wort und wollte mir

sicher sein. Carla hatte geklungen, als knüpfe sie an ein Gespräch an, als hätten wir schon einige Male darüber geredet, dass, übrigens, die Einladung meines Vaters zum Abschlusskonzert noch erledigt werden müsse, am besten von ihr. Ich lief auf und ab, hin und her, versicherte mir, dass wir dieses Gespräch nicht geführt hatten, ich prüfte, ob irgendwann irgendwie das Thema Vater gestreift worden war und konnte mich nicht erinnern. Schrieb Kurznachrichten, in denen ich ihr nahelegte, den Scherz als solchen zu enttarnen, in denen ich sie für verrückt erklärte und das Ganze für witzlos. Sie antwortete nicht. Ich rief im Konservatorium an, ließ meinem Lehrer ausrichten, dass ich krank sei, ich sah in den Spiegel, ich zog mir die Unterlider herunter, suchte nach fiebrigem Glanz. Im Krankenhaus rief ich an und fragte nach ihr, doch natürlich war sie im OP, meine Bitte um Rückruf nahm man zur Kenntnis, meine überschnappende Stimme auch. Es wurde Nachmittag und ich wusste, dass mir die Decke im Begriff war, auf den Kopf zu fallen. Ich hätte hinausgehen müssen, vor die Tür, vielleicht hätte ich laufen müssen, durch die Straßen, bis in den Park und weiter, vielleicht hätte ich gleich zum Bahnhof, zum Flughafen fahren sollen, doch ich verließ meine Wohnung nicht. Ich sperrte sie ab. Schrieb Kurznachrichten, in denen ich Carla für wahnsinnig erklärte, fragte, ob sie mir überhaupt je zugehört habe, wiederholte, dass ich meinen Vater seit meinem Auszug nicht mehr gesehen hätte, schwor, dass es Gründe dafür gab. Sie antwortete nicht. Ich zerriss zähes Notenpapier, tippte Carlas Namen in den Laptop und starrte lange ihr sprödes Bild auf der Internetseite des Krankenhauses an. Ich tippte den

Namen meines Vaters ein, klappte den Laptop zu, wusch mich, suchte nach etwas Essbarem, kochte Reis und ließ ihn stehen. Versuchte zu üben, was erbärmlich misslang. Auch Musik zu hören, war keine Option, mehrmals stand ich an meiner Tür, drehte den Schlüssel, zweimal, dreimal, die Klinke drückte ich nie.

Der marokkanische Kioskbesitzer gab mir Flaschenwein, der neu im Sortiment war. Er schüttelte den Kopf, als ich nach Münzen suchte: Heute aufs Haus, Chef, siehst schlecht aus, Chef. Ich sagte Danke, und daran müssten wir uns gewöhnen. Den ersten Plastikkorken ließ ich mir noch im Laden ziehen, hielt ihn fest in der Hand, während ich mit der anderen das saure Getränk hinunterkippte, kaum auf der Straße sah ich aus wie ein Penner und begegnete prompt einem echten, der im Vorbeitrotten nach Zigaretten fragte. Ich fragte zurück, ob er ausgefallene Drogen besäße, die hatte er nicht, hatte stattdessen Verwendung für meinen Wein, den ich jedoch verteidigen konnte, ich konnte zu meiner Wohnung zurücklaufen, ich konnte die erste Flasche leeren, bis ich am Fuß des Mietshauses angekommen war. Konnte sie hinter mich werfen, ohne die anderen beiden aus den Armen zu verlieren, konnte aufschließen, alles war entsetzlich leicht. Alles einfach, reibungslos, kaum zu glauben, dass in dieser Welt Unmögliches möglich war. Während ich ins Treppenhaus stapfte, versuchte ich mir vorzustellen, dass Vater beim Konzert wäre, dass wir dort aufeinanderträfen, miteinander sprächen. Unmöglich in jeder Hinsicht. Ich wollte erschüttert sein, scheiterte und schimpfte, stieg Stufen und klagte den Nachbarstüren, dass das

Unmögliche nicht kalkulierbar sei, dass niemand wüsste, wie damit umzugehen sei. Als ich die Wohnung aufschloss, war Carla konzentriert, fest entschlossen und nackt.
Sie hatte den Abfall gottweißwie samt seinem Gestank beseitigt, sie ließ mich nicht zu Wort kommen, beinahe wären die geschenkten Weinflaschen zu Bruch gegangen und wir hätten zum zweiten Mal an diesem Abend Scherben gehabt. Ich ließ zu, dass sie mein Hemd aufknöpfte, zögerte dann und drückte sie weg, sie griff nach mir, entriss mir die Flaschen und stieß mich auf die Matratze. Bei meiner Gürtelschnalle half ich bereits. Carla löste ihr Haar, Carla zerrte an meiner Hose und knurrte, ihr Griff um meine Schulter fester, als ich ihr zugetraut hätte. Sie packte auch mein Gesicht und hielt es, sodass ich sie ansehen musste, ich hätte es ohnehin getan, griff meinerseits nach ihr, Carlas Hüften, Carlas Brüste, ich biss sie in den Hals. Sie fluchte, klammerte sich an mich, ihre Schenkel, die unwirsch gegen mein Becken stießen, doch wahrscheinlich war es zu heftig, zu schnell, auf jeden Fall vergeblich.

Später saßen wir uns gegenüber, Carla in meinen Morgenmantel gehüllt. Sie rauchte, was sie sonst nie tat. Die Zigarettenschwaden umrankten die schmalen Kerzenkörper. Ihre Flammen funzelten und zischten, und Carla sagte, es tue ihr leid.
– Es tut mir leid, Felix.
Der Flaschenwein war noch schlimmer als der aus dem Tetrapak. Er brannte im Rachen, rann bitter durch die Kehle, und ich schenkte mein Glas wieder voll. Das Glas hatte immer voll zu sein. Ich nahm einen weiteren

Schluck, schenkte nach. Carla aschte sachlich in meinen neuen Zahnputzbecher. Sie hielt mein Tempo mit Leitungswasser, rührte sich ansonsten kaum, sah mir zu und runzelte zuweilen die Stirn.
– Ich habe die Akte gelesen, Felix.
Bei 2 Kerzen vor 3 Tagen schimmerte Carlas Haut, als sei sie gerade aus dem Wasser gestiegen. Der Ausschnitt des Morgenmantels war verrutscht, ihre Brustwarze blinzelte mir traurig entgegen und sie drückte ihre Zigarette aus und griff nach der nächsten. Erst jetzt bemerkte ich, dass sie die Streichhölzer aus unserem Hotel dafür nahm, sie schien mit der Reibefläche keinerlei Schwierigkeiten zu haben, schien das aufgedruckte Logo nicht zu bemerken, ich schenkte mir nach, ich hatte zu trinken vergessen, der Wein floss über den Rand des Glases. Die Lache rann die Tischplatte hinab und tropfte auf den Teppichboden.
– Er stirbt, Felix.
Die Kerzen knisterten, ihre schwarzen Dochte kläglich gekrümmt, und ich trank, ich gewöhnte mich langsam an die Säure und hob das Glas zum Toast. Carla holte einen Lappen und legte ihn in die Pfütze aus Wein, sie ließ ihn dort liegen und setzte sich wieder hin.
– Tut mir leid.
Weinflecken, dachte ich, Weinflecken an der Decke, auf dem Boden, an der Wand, auf unseren Kleidern meinetwegen, Weinflecken überall. Ich lachte. Carla sprach von drei Schlaganfällen im letzten Quartal. Glücklicherweise schnell behandelt, aber der nächste, da gehe sie Wetten ein, brächte ihn wenigstens in den Rollstuhl, ach, der brächte ihn um. Er mache zu. Eine Frage der Zeit, vermutlich kurzer, um das zu sehen,

bräuchte man keinen Doktortitel, und er habe ja selbst einen, er wisse, wie es um ihn stehe, er habe erstaunlich gefasst geklungen am Telefon. Ruhig und höflich, Carla sagte: charmant. Ich wollte trinken. Unbedingt wollte ich trinken und griff zum Glas, bemerkte erstaunt, dass es leer war und die Flasche weit entfernt auf der anderen Seite des Tisches stand. Weinanfälle, sagte ich, und Schlagflecken. Carla schüttelte den Kopf.

– Jetzt rede ich, Felix.

Sie beugte sich vor, sie stützte die Arme auf die Tischplatte und drückte die Ellenbogen ins Holz. Ich starrte darauf und Carla starrte mich an, erklärte, dass sie mir etwas erklären müsse, ich solle ihr ins Gesicht sehen dabei. Glauben solle ich ihr, was man aus jeder nachmittäglichen Arztserie wisse, man wisse es instinktiv, und sie, schließlich, wisse es aus Erfahrung: Wer sterbe, dem verzeihe man. Und zwar sofort, und zwar gänzlich. Oft genug sei sie vor Angehörige getreten, auf dem immergleichen mintgrünen Flur, dort säßen sie, gereiht in weißen Plastikstühlen, und erhöben sich, wenn sie, Carla, durch die gläserne Schwingtür trete, jedes Mal überfalle sie plötzlich die Angst, ihren Mundschutz noch aufzuhaben. Sie spüre dann die strengen Falten der Gummibänder auf der Wange und greife sich peinlich berührt ans Kinn, was von den Wartenden meist als Geste der Verlegenheit und also als schlechtes Zeichen gedeutet werde. Den Mundschutz aber habe sie stets bereits abgestreift, und wenn die Nachricht, die sie zu überbringen habe, trotzdem eine schlechte sei, dann könne wiederum sie, Carla, in den Gesichtern der Angehörigen lesen: Der Tod schaffe Vergebung. Das sei ein Reflex. Sie täusche sich da nicht, auch ich solle mich da nicht täuschen, selbst begründeter, tiefer Hass ließe sich nicht aufrechterhalten, Liebe im Übrigen ebenfalls nicht. Natürlich versuche man beides, versuche es manchmal noch jahrelang, aber sie habe ihn hundertmal gesehen, den grausam gnädigen Schleier in den Augen der Hinterbliebenen. Bei ihr selbst nicht anders. Seit ihre Mutter gestorben sei, habe sie mehr Gespräche mit ihr geführt als zu Lebzeiten. Man werde unweigerlich verbittert. Man könne gar nicht anders, der Tod sei Prüfung für die Lebenden, nur der Grad der Verbitterung variiere, je nachdem, wie viel noch aufzuarbeiten sei. Ja, doch, es sei so einfach. Deshalb habe sie meinen Vater angerufen.

– Ich will dir helfen, Felix. Ich meine es gut.

Die linke der beiden Kerzen verlosch wie ausgeknipst, ich blickte verwundert dorthin, wo plötzlich nicht einmal mehr ein dünner Rauchfaden emporstieg. Stattdessen spürte ich die Verbitterung scharf vom Magen durch die Speiseröhre bis an den Gaumen hinaufdrängen, und das Zimmer zersprang. Es zersetzte sich in Splitter, die Splitter schmolzen zusammen, wurden zu winzigen, schwarzen Punkten, ich blinzelte, ich brauchte Minuten, bis ich mich an die kaum veränderten Lichtverhältnisse gewöhnt hatte, bis ich verschwommen wieder Wand, Tisch und dazwischen Carla sah, die unbewegt in meinem Morgenmantel dasaß und schwieg.

Meine Mutter war jung, war noch im Studium, als sie schwanger wurde. Für meinen Vater war ich ein spätes Kind. Ich kannte ihn nur mit grauen Schläfen. Von einer familiären Neigung zu Bluthochdruck wusste ich, von genetisch bedingter Gefäßverengung, ich wusste

von Diabetes und Krebs. Auch von Alkohol und Zigaretten, schlechter Ernährung und keinem Schlaf, ich wusste, Vater neigte zu einem Lebenswandel, der andere um Verstand und Leber gebracht hätte, aber ich konnte mich an keinen einzigen Tag erinnern, an dem er krank gewesen war. Keine Erkältung im Herbst, keine Magenschmerzen, kein Kopfweh. Selten hatte ich ihn nachts husten gehört. Auf seiner Nase hatten sich rot gesprungene Äderchen gezeigt, aber die Kollateralschäden seines Lebenswandels standen ihm so gut wie seine markanten Geheimratsecken. Einmal hatte er einen schweren Verkehrsunfall gehabt, und statt wenigstens eine Beule davonzutragen, verklagte er die Gegenpartei und bekam Recht in allen Instanzen, obwohl sich der andere Fahrer sämtliche Knochen gebrochen hatte.
Ich sagte, mein Vater hasse mich. Es klang belegt. Ich bemerkte, dass ich die Tischkante hielt, ließ sie los, hustete und ignorierte die tänzelnde Zimmerdecke: Mein Vater hasse mich, und er sterbe nicht. Jeder wisse das, jeder, der ihn einmal gesehen habe, könne keine Zweifel hegen, Vater lebe ewig. Er verfolge Pläne. Wahrscheinlich habe er seine Akte höchstpersönlich angelegt, alte Seilschaften bemüht, sicher schlafe er mit der behandelnden Ärztin.
– Ich soll dich grüßen, Felix.
Bei einer Kerze vor 3 Tagen fragte ich Carla, ob sie meinen Vater getroffen habe. Die verbliebene Flamme zuckte ertappt. Ich stand auf, ich beugte mich über den Tisch und fragte, ob ihr das Telefonbuch auch eine Straße, eine Hausnummer verraten habe und warum sie dorthin gefahren sei. Carla verschränkte die Arme.

Ihre Brustwarze kräuselte sich und verschwand hinter dem faserigen Morgenmantelstoff. Ich griff nach dem Wein, ich sagte, dass ihre Geschichte Lücken habe, dass sie seine Nummer auch in der Akte hätte nachschlagen können, ich log, dass ich im Krankenhaus erfahren hätte, sie habe heute keine Schicht gehabt. Carla kniff die Augen zusammen. Meine Zunge war geschwollen und rau. Ich schenkte mir nach, schwenkte den Wein im Glas, fragte, ob sie finde, dass wir uns ähnlich sähen, ob sie der Ansicht sei, ich hätte viel von ihm geerbt. Carla schüttelte den Kopf. Sie stand auf, ging zum Fenster und öffnete es, trug dann eine liegen gebliebene Gabel vom Sims in die Spüle. Der Gürtel des Morgenmantels schleifte hinter ihr her. Plötzlich sah ich ihr das Alter an. Sie ging leicht gebückt, und als sie sich am Waschbecken umwandte, war ihr Gesicht von Schatten durchzogen.
– Schöne Grüße, hat er gesagt.
Auch ihre Stimme schien mit einem Mal welk geworden zu sein. Ich trank, Carla zog sich an. Sie drehte mir den Rücken zu, an ihrer Wirbelsäule reservierte Gänsehaut, behäbig stieg sie in die Strümpfe und schloss mit nüchternem Klicken den Büstenhalter im Kreuz. Erst, als sie den Stoff ihrer Bluse glatt gestrichen hatte, drehte sie sich wieder um. Ich setzte das Glas ab, Carla nickte mir zu. Dann ging sie.
Ihre Schritte hallten im Treppenhaus. Sie schleppten sich abwärts. Ich zählte die Stufen. Etwa ab der Hälfte wurden die Schritte schneller. Erleichtert nahm ich wahr, dass sie forscher klapperten, sich steigerten zu einem aufgebrachten Stakkato und abbrachen mit einem Knall, als Carla die Haustür ins Schloss warf.

Die Weinflasche geriet in Schräglage. Vielleicht lag es an Carlas Wucht, vielleicht versuchte ich nur ungeschickt, sie abzufangen, doch sie kippte und fiel vom Tisch, rollte davon und hinterließ eine Spur schaler Tröpfchen.

Später saß ich am offenen Fenster. Die zweite Kerze war dem Luftzug erlegen, der Geruch des kokelnden Dochtes verflog mit einem gequält jaulenden Martinshorn, das die Wohnung in weitem Bogen umkreiste. Ich hatte die Geige ausgepackt und hielt das Instrument in den schummerigen Rest an Licht, der von der Straße heraufdrang. Andere Geigen bestachen durch ihre vollendete Form. Sie wirkten echt, wie atmende Körper, manche dauerhaft im Moment der Hingabe gestreckt, manche gebannt in einem Augenblick konzentrierter Eleganz. Meine eigene war mir immer vergleichsweise plump erschienen, ihr Becken zu breit und die Kurven ihrer Schultern grob abgerundet. Mit den Fingerspitzen ließen sich unzählige Kerben im Holz ertasten.
Den Tag über hatte ich kaum einen Ton zustande gebracht. Nun spielte ich mein gesamtes Programm. Ich ließ das Fenster offen. Die Nachbarn pochten schon während des ersten Stückes gegen die Wand. Ich spielte weiter, die Noten liefen ab wie von selbst, erfüllten die Prüfungsanforderungen glanzlos, aber gewissenhaft. Man würde von einem soliden Abschlusskonzert sprechen müssen, weit entfernt von Ambitionen auf eine solistische Karriere, beinahe ebenso hoffnungslos, was die Kammermusik betraf. Aber ich würde bestehen. Meine Finger, an die klobigen Eigenheiten des Instrumentes gewöhnt, bewegten sich ohne mein Zutun. Es

klopfte auch gegen die Tür, es schallten Beschwerden vom Haus gegenüber, aber ich spielte nicht leiser, hörte nicht auf, bis die letzte Seite des letzten Stückes abgespielt war. Dann legte ich die Geige zurück und mich selbst auf die Matratze. Ich schlief traumlos und tief.

02:27, *Carla*
ich bin nach hause gegangen felix mein mann hat mich gefragt warum ich krank aussähe ich werde jetzt schlafen felix ich habe eine tablette genommen. ich werde

02:27, *Carla*
nicht mehr darüber nachdenken wo du bist felix das wollte ich dir nur sagen. das und gute nacht. gruß c

Mein dritter Lehrer erzählte mir die Geschichte seiner kaputten Hand. Ich hatte gefragt. In den Gerüchten, die über ihn kursierten, hieß es, er leide an einer Erbkrankheit. Manchmal wurde auch von einer komplizierten Übetechnik berichtet, mit der er sich in blindem Ehrgeiz selbst verkrüppelt habe. Unfug, sagte mein dritter Lehrer. Er ging zur Wand und riss die Bleistiftzeichnung vom Nagel. Das Papier legte er zwischen uns und strich es sorgfältig glatt. Sein Bleistiftgesicht war dem wirklichen an Ausdruckskraft überlegen. Es sah markanter, lebendiger aus, und seine stolzgeschwellte Gestalt ließ den Übermut erahnen, der in seine gesunden Hände floss.
In seiner Jugend, sagte mein dritter Lehrer, sei er leichtsinnig gewesen. Er habe Talent gehabt. Seine Familie habe früh erkannt, was er erreichen könne. Mit dem besten Unterricht und unzähligen Stunden Übung sei er das erhoffte Wunderkind geworden, und später bedeutend mehr. Tagein, tagaus habe er gespielt, fleißig, wie besessen. Mit Leichtsinn meine er also nicht, dass er seine Gaben verschwendet habe. Vielmehr habe er sie missbraucht, habe für den Beifall gespielt, und es sei das Schlimmste passiert, was einem unfertigen Künstler passieren könne: Der Beifall sei erfolgt.
Er sei rasch gewachsen, und der Erfolg mit ihm. Wettbewerbe habe er gewonnen, Stipendien erhalten, bis heute halte er in zahlreichen Sälen den Rekord als jüngster Solist. Große Auftritte, volle Ränge, frenetischer Applaus. All das habe ihn beflügelt, stürmisch habe er jede auftauchende Schwierigkeit überrannt. Warnungen habe er ignoriert, gerade die Werke, die selbst gestandene Meister mieden, unmittelbar zu üben

begonnen. Ahnungslos habe er sich eingebildet, spielen zu können, womit selbst die Größten unter den Großen rangen. Spielen konnte er.
Seine Technik war furios. Kein Griff war ihm fremd, kein Rhythmus zu vertrackt, kein Tempo brachte ihn in Bedrängnis, und viele Stücke erschienen ihm gar einfallslos, weshalb er Oktavparallelen ergänzte, Triller und Raffinessen erfand. Man bejubelte ihn dafür. Sicher, die Kenner wandten sich ab, doch auch sie mussten gestehen, dass er jede Epoche, jeden Stil bewältigt hatte. Das wiederum überwältigte ihn, und er glaubte auch seine Kritiker überwältigt, weil sie betroffen verstummten. Ohnehin gab es nicht viele davon, nur die zu ernsten, strengen, verbohrten. Die anderen rühmten seine Verve, es hieß, da komme endlich mal wieder einer, der ungezähmt und mutig sei, der über die Podien fege, den Staub aufwirble, hier komme ein Unerhörter mit langem, fliegendem Haar. Mein dritter Lehrer war gerade zwanzig, als er überallhin gekommen war. Die Erwartungen seiner Familie, auch seine eigenen, waren mehr als erfüllt. Es gab schlicht nichts mehr, vor dem man ihn hätte warnen können.
Er suchte neue Ziele. Eine Zeit lang stellten ihn Frauen zufrieden, da es immer noch schönere gab, klügere, wohlhabendere, unerreichbarere, die zu erobern waren. Dann war da der Erdball, der sich bereisen ließ, entlegene, fremde Winkel bot, bevölkert mit einer überwältigenden Zahl an Menschen, die es kennenzulernen galt. Doch all das ermüdete ihn schnell. Zu sehr glichen sich die Begegnungen, zu leicht fiel ihm die Anpassung an fremde Sprachen und Gewohnheiten, selbst sein Magen kam mit den exotischsten Speisen ansatzlos

zurecht. Die wenigen Ängste, die ihm noch blieben, überwand er beängstigend rasch. Den Großteil seines Lebens hatte er in stillen Kammern verbracht, allein mit seiner Geige und sich, und nun musste er feststellen, dass keine Herausforderung der Welt diesen einsamen Mühen gewachsen war.

Er verlegte sich auf Abenteuer. Was noch nie oder nur von Todesmutigen unternommen worden war, schien ihm gut genug. Er schwamm mit Haien, peitschte Schlittenhunde durch Schneegestöber, flog altbackene Propellermaschinen über die Wüste und ging zu Fuß zurück. Ausgedehnte Höhlenexpeditionen unternahm er nur mit einer Taschenlampe, hauste im Dschungel, lebte monatelang von Insekten, wurde Mitglied eines Indianerstamms. Er entdeckte eine Insel und benannte sie nach sich, erfand und fuhr ein Auto mit geklautem Raketenantrieb, tauchte bis an den Meeresgrund und sprang aus nicht genehmigter Höhe mit dem Fallschirm, er heiratete einmal auf jedem Kontinent, wurde Befehlshaber eines Schmugglersyndikats und Lehrmeister für Schlangenmenschen, bis er schließlich und endlich von einem Berg fiel.

Es geschah an einer Steilwand im entlegeneren Teil des Ural. Mein dritter Lehrer hatte sich alle wesentlichen Gipfel dieses Gebirges zum Ziel gesetzt. Dieser, einer der letzten auf seiner Route, besaß Überhang, und möglicherweise hatte er seine Kletterausrüstung überschätzt, vielleicht war auch das Seil gerissen. Er fiel. Überschlug sich, sah nichts außer dem Blau des Himmels über ihm, dem Grau des Steines unter ihm, sie schienen ihm lächerlich ähnlich, bei strenger Betrachtung keine zwei Worte wert. Bald konnte er nicht mehr sagen, ob es die zerfasernden Linien vereinzelter Wolken oder Felskonturen waren, die vorbeizogen, bald wusste er nicht mehr, ob er noch fiel oder längst schwebte, verloren zwischen Gesteinsmeer und Firmament, nicht mehr als ein Flöckchen zwischen gähnend leeren, gleichgültigen Flächen. Dann schlug er auf.

Tage später öffnete mein dritter Lehrer die Augen und begriff unmittelbar, dass dies nicht hätte geschehen dürfen. Zweifellos war er bei Bewusstsein und wach. Er konnte sehen, obwohl das Licht ihn schmerzte, er hörte Geräusche, die nicht zuzuordnen waren. In seinem Mund schale Bitterkeit. Er konnte atmen. Schwerfällig, aber es ging, er konnte schlucken und zwinkern, und all das war nicht vorgesehen. Er hätte tot sein müssen. Es schien ihm ein grausamer Scherz höherer Mächte, dass dieser Zustand zumindest teilweise eingetreten war. Außer Sehen, außer Hören und Schmecken, Atmen, Schlucken und Zwinkern konnte mein Lehrer nichts.

Er war gelähmt. Auf seinen Wangen fühlte er einen kühlen Lufthauch, aber vom Hals an abwärts spürte er nichts, nahm nur an, dass sein restlicher Körper sich dort befinden müsse, denn die Atemzüge, die er mühsam hinuntersog, taten ihre Wirkung. Er lebte. Es war ein schreckliches Versehen. Als habe er mitten im Sterben aufgehört, sei abgelenkt worden und verbliebe nun für immer eingesperrt in einer Hülle, deren letzte Funktionen durch eine Laune des Schicksals lebenserhaltend waren. Nicht einmal schreien konnte er. Sein Kehlkopf verweigerte den Dienst. Der Kiefer war taub. Sein Kopf lag erhöht, vermutlich auf mehreren Kissen. Er konnte ihn nicht drehen, sah geradeaus in eine einfache Stube, mit einem Ofen, über dem die Decke rußgeschwärzt war, einem Tisch mit mehreren Holzstühlen, einer schief eingehängten Tür. Die Wände waren schmucklos, im Augenwinkel nahm er ein Fenster wahr. Eine schief gezimmerte Kommode mit staubigen Büchern darauf, zwei Schwarz-Weiß-Fotografien, die er nicht genauer erkennen konnte, und, was ihn sofort verwirrte, ein verhärmtes Klavier. Wider besseres Wissen nahm er einen Moment lang an, er sei doch gestorben und befinde sich in einer jenseitigen Welt, vielleicht einer Art Zwischenstadium, sei möglicherweise in einer Verkörperung seines Innenlebens gefangen. Sah so seine Seele aus? Oder stellte der Raum vielmehr einen Rückblick auf sein Leben dar? Waren auf den Fotografien die Menschen, die er hätte lieben sollen? Warum durfte er sich nicht rühren, was stand in den Büchern und was könnte er aus dem Fenster sehen? Er rief sich zur Ordnung. Es gab mit Sicherheit eine nüchterne, medizinische Erklärung für seinen Zustand. Er war gestürzt und hatte sich wohl alle Knochen gebrochen. Dass er keinen Schmerz spürte, konnte auf eine überforderte Reaktion seines Nervensystems zurückzuführen sein, oder er hatte sich die Wirbelsäule zerstört. Was nicht erklärte, wieso er sich selbstständig am Leben erhalten konnte, ohne zum Sprechen imstande zu sein. Hatte man ihn verflucht? Bei den Medizinmännern der Indianer hatte er Dinge gesehen, die über den Horizont normaler Krankheitsbilder hinausgingen, Menschen, die nach geheimen Ritualen dem Wahnsinn verfielen, ewig lebten und doch in jeder Sekunde ihres Daseins gezwungen waren zu einem unbeschreiblichen Kampf mit dem eigenen Geist. Aber warum hätte ihm jemand das antun sollen? War er es selbst gewesen?

Bevor mein dritter Lehrer weitere Gedanken fassen konnte, öffnete sich die Tür und gab ihm die Gewissheit, dass er sich noch im Diesseits befand. Ein kleines Mädchen trat ein. Als sie in seine geöffneten Augen sah, erschrak sie, drehte sich auf dem Absatz um und lief kreischend hinaus. Nur Augenblicke später kam sie zurück, die Mutter hinter sich herziehend, die sich hastig die Hände an der Schürze abwischte. Hinter ihr stürmte der Vater herein. Er musste bei der Arbeit gewesen sein, auf seiner Stirn glänzte Schweiß. Als Letztes drängte ein Junge durch die Tür, vermutlich der ältere Bruder, ein hagerer Bursche mit auffallend ernsten Zügen. Alle vier blieben sie, kaum dass sie ihn erblickt hatten, wie vom Donner gerührt stehen. Ungläubig sahen sie ihn an. Mein Lehrer sah zurück. Menschen dieses Schlages hatte er auch auf seinen ausgedehnten Reisen nur selten getroffen. Ihre Körper waren hochgewachsen und kräftig, ihre Gesichter unverkennbar fernöstlich geprägt. Ihre Haut schien gegerbt von der rauen Umgebung, die Augen waren beinahe vollständig schwarz. Sie starrten. Wahrscheinlich waren sie den Anblick eines Weißen ebenso wenig gewohnt und hatten kaum damit gerechnet, dass er noch einmal aufwachen würde. Mein dritter Lehrer hätte ihnen gerne seine Dankbarkeit gezeigt. Immerhin mussten sie ihn hierhergebracht und gepflegt haben. Er hätte versucht, die schwere Befangenheit wenigstens mit ein paar Gesten zu lockern, doch es war ihm unmöglich. Er zwinkerte.

Nach einiger Zeit begann die Familie miteinander zu flüstern. Das kleine Mädchen klammerte sich ängstlich am Rockzipfel der Mutter fest, die ihrerseits auf den

Vater einredete, dabei abwechselnd auf ihn, meinen dritten Lehrer, das Fenster und die Decke deutete. Der Vater tuschelte zurück, sein Ausdruck konnte gleichermaßen als besorgt und misstrauisch gelten, und schließlich schob er mit einer entschlossenen Handbewegung seinen Sohn nach vorn, der bislang nichts gesagt hatte. Zögernd trat ihm der Junge entgegen. Mein dritter Lehrer vermutete, dass er es gewesen war, der ihn gefunden hatte, dass er deshalb als Erster zu ihm sprach. Der Sohn blickte ihn an. Dann sagte er einige Worte, kehlige, düstere Laute, und deutete anschließend eine bedauernde Verbeugung an. Die Mutter hinter ihm nickte. Mein dritter Lehrer ließ seine Pupillen über jedes anwesende Gesicht gleiten und zwinkerte so heftig es ging. Er wusste nicht, ob man verstand, dass er nicht sprechen konnte. Nach einer Weile nickte der Vater, und wie auf dieses Zeichen hin wandten sich alle um und verließen den Raum mit traurig hängenden Köpfen.

Mein dritter Lehrer fand bald heraus, dass man seine Lage begriff. Die Mutter kam täglich, um ihm Nahrung einzuflößen. Eine dampfende, zähflüssige Suppe schob sie löffelweise zwischen seinen unbeweglichen Lippen hindurch, hielt ihm den Kopf in den Nacken, wischte sein Kinn ab und kümmerte sich auch um seine Ausscheidungen, was ihm, trotz seiner Hilflosigkeit, unendlich peinlich war. Die kleine Tochter zeigte ihm Spielsachen, die sie selbst für sich schnitzte. Der Vater lud von Zeit zu Zeit Feuerholz neben dem Ofen ab, blieb meistens noch eine Weile bei ihm stehen und nickte dann, als hätten sie ein klärendes Gespräch geführt. Der Sohn schließlich besuchte ihn bei jeder

Gelegenheit. Er kam frühmorgens herein, hatte einen sperrigen Tornister umgeschnallt und zwinkerte hellwach zu ihm hinunter, obwohl die Dämmerung noch gar nicht eingesetzt hatte. Mittags begleitete er seine Mutter, sah bei der Fütterung zu und half, wenn ihm zu viel der heißen Flüssigkeit von seinen Mundwinkeln troff. Nachmittags setzte er sich oft in seine Nähe und las für eine Stunde in den drei oder vier verstaubten Büchern, die in ein Regal gelehnt waren. Manchmal zeigte er ihm mehrere Seiten in einem vergilbten Atlas und sah ihn an, als wollte er fragen, ob mein dritter Lehrer nicht überall dort schon gewesen sei, ob es weit sei und wie man hinkomme.

Abends saß die Familie am Tisch und aß. Der Ofen wurde angestellt, die Mutter brachte einen Topf samt Kelle herein, und man versammelte sich, lächelte ihm schüchtern zu und begann das Abendessen, wobei die Tochter quietschvergnügt brabbelte, meist streng von der Mutter ermahnt und vom Vater liebevoll ermutigt. Mein dritter Lehrer sah wehmütig den kargen, gemeinsamen Mahlzeiten zu. Er hatte diese Menschen lieb gewonnen, folgte ihren Gesprächen und stellte sich deren Inhalt vor. Ohne Zweifel waren es einfache Leute, Bauern vermutlich, deren Horizont sich auf die Umgebung beschränkte, in der schon ihre Vorfahren der widerspenstigen Bergerde Jahr um Jahr eine notdürftige Ernte abgerungen hatten. Aber sie wirkten nicht müde oder verbittert. Außerdem hatten sie ihn gastfreundlich aufgenommen, und obwohl sie keine Vorstellung davon hatten, wer er war oder was er im Schilde geführt haben mochte, spürte er, dass sie Vertrauen zu ihm hatten und hofften, er würde gesund.

Diese Hoffnung teilte mein dritter Lehrer selbst nicht mehr. Er gab sie auf. Anfangs noch hatte er alles Mögliche versucht, um wenigstens Teile seines Körpers wieder zu spüren, hatte all seine Konzentration aufgewandt, sich die Muskelgruppen im Einzelnen vorzustellen versucht, sich Situationen ins Gedächtnis gerufen, sich mit ganzer Kraft eingebildet, es sei nur eine mentale Blockade, ein Schock, den er überwinden könne, er müsse es einfach tun. Aber bald schon hatte er eingesehen, dass er sich etwas vormachte. Er würde gelähmt bleiben. Was auch immer ihn in diesen Zustand versetzt hatte, es war von Dauer, und seltsamerweise kam keine Verzweiflung darüber in ihm auf. Er stellte überrascht fest, dass er seine Behinderung wie eine gerechte Strafe akzeptierte. Es kam ihm vor, als hätte er es verdient, und das Einzige, was ihm zu hoffen bliebe, sei, der Tod oder wer auch immer möge zurückkehren und sein Werk vollenden. Mein Lehrer versuchte, das Atmen einzustellen. Es gelang nicht. Er schaffte es einige Male, die Luft anzuhalten, bis er ohnmächtig wurde, aber jedes Mal erwachte er wieder, schweißgebadet, und die Familie stand mit besorgten Mienen um ihn herum. Die Nahrungsaufnahme zu verweigern, lag nicht in seiner Macht. Seinen Sterbewunsch nur mit Bewegungen der Augen und Nasenflügel deutlich zu machen, war ein sinnloses Unterfangen, und so blieb ihm nichts anderes übrig, als zu warten, auf einen Zufall, eine Spätfolge des Sturzes oder, als letzten Ausweg, die Zeit.
Seine einzige Angst war es, verrückt zu werden. Er wusste, dass diese Gefahr am größten war, und umnachtet in einem nutzlosen Körper gefangen zu sein, kam

ihm selbst im Vergleich zu seiner jetzigen Lage wie eine Hölle vor. Er hielt sich bei Verstand, indem er sich zwang, Anteil am Familienleben zu nehmen. Jeden Tag beobachtete er die vier Menschen genau, bemerkte sofort jede Veränderung, jedes Schwanken ihrer Stimmung, las in ihren Gesichtern und dachte sich aus, was sie taten, wenn er sie nicht sah. Er wandte alle Mühen auf, um ihre Schicksale mit seinem zu verknüpfen. Einmal sorgte er sich fürchterlich, als der Sohn nicht zur selben Zeit wie sonst morgens an sein Bett trat, obwohl er vermutlich nur ein wenig verschlafen hatte. Ein anderes Mal fürchtete er plötzlich, die Tochter könne sich beim Schnitzen etwas tun, und der Gedanke raubte ihm fast die Sinne. Dafür war er glücklich wie selten zuvor, wenn die Familie abends gesund und zufrieden versammelt war und ihre schlichte Mahlzeit genoss. Es rührte ihn, er weinte manchmal dabei.

Man hatte ihm Bandagen angelegt. Einfache Mullbinden, die seine Arme und Beine umschlangen. Wahrscheinlich waren sie gebrochen, er wusste nichts davon, bis ein Mann kam, um die Binden zu erneuern. Der Mann war offensichtlich eine Art Landarzt, auch wenn er steinalt aussah und durch eine staubige Brille auf ihn hinunterlinste. Während er so geduldig wie stümperhaft seinen schlaffen Körper in frische Verbände hüllte, unterhielt er sich schnarrend mit der Mutter, die dabeistand und sorgenvoll nickte. Krankenhäuser oder ähnliche Einrichtungen gab es in dieser Gegend nicht. Allerdings war mein dritter Lehrer sicher, dass nicht einmal ein spezialisierter Internist oder Chirurg ihm hätte helfen können. Es kamen andere. Er hielt sie für Priester oder abergläubische Wunderheiler. Einer

meditierte stundenlang neben seinem Lager, ein anderer schwenkte eine Schale voller Kerne über ihm, ein dritter trug eine monströse Kopfbedeckung, aus der beißender Rauch aufstieg. Sie alle verabschiedeten sich wieder mit niedergeschlagener Miene, und die Familie sah danach stets noch betroffener drein. Mein dritter Lehrer blieb, wie er war, konnte sich nicht rühren, nicht sterben, konnte nur warten, lag, aß und schlief.
Er wusste nicht, wie viel Zeit seit dem Sturz vergangen war. Die Tage hatte er nicht gezählt. Es war einfacher so, das Bemessen der Dauer hätte nur einen lächerlichen Hoffnungsrest genährt, den er auszuhungern gedachte. Als der Sohn eines Nachmittags nicht zu den Büchern griff oder den Atlas hervorzog, kam es ihm wie eine Ewigkeit vor, seit er zuletzt das Klavier bemerkt hatte. Der Junge nahm einen Stuhl vom Tisch, setzte sich an das Instrument und hob den Deckel. Mein Lehrer war nicht sicher, ob er nicht lieber noch einmal die Kontinente angesehen hätte. An Musik hatte er kaum je gedacht, seit er dort lag. Sie war ihm fremd geworden. Tatsächlich hatte er auch das Klavier nach kurzer Zeit bereits als Möbelstück akzeptiert. Es war ihm zwar rätselhaft, wie ein solches Instrument bis hinauf in diese Einöde gekommen war, aber die Lösung des Rätsels interessierte ihn eigentlich nicht. Möglicherweise war es ein Erbstück von Verwandten aus der weit entfernten nächsten Stadt oder das Ergebnis eines absurden Tauschhandels. Er bezweifelte, ob es überhaupt Töne von sich gab, aber als der Junge nun einige anschlug, stellte er fest, dass es noch funktionierte, ein wenig verstimmt, aber brauchbar zu sein schien. Der Junge lockerte die Finger, griff Akkorde und zog dann ein

Notenbuch hervor. Es war ein schwerer, in Leder gebundener Band. Noch ein Erbstück, dachte mein Lehrer. Wenn er nun wirklich Stücke spielte, dann musste es irgendwo an diesem gottverlassenen Ort zwischen Wunderheilern und zweifelhaften Doktoren jemanden geben, der Unterricht erteilte.
Schon nach den ersten Takten erkannte er Bach. Es war das erste Präludium aus dem Wohltemperierten Klavier. Unglaublich, dachte mein Lehrer, dass Bach es sogar bis in die entlegensten Winkel geschafft hatte. Der Junge spielte nicht schlecht. Ein wenig unbeholfen natürlich, es fehlte ihm die Übung, aber jemand hatte an dem Kind ganze Arbeit geleistet. Die Fähigkeiten waren da. Er nahm das Präludium langsam, in stetem Rhythmus, traf die Töne und arbeitete die einzelnen Stimmen heraus. Mit einigen weiteren Jahren der Ausbildung, nun, wahrscheinlich vielen, und großem Fleiß könnte aus diesem Bauernsohn ein anständiger Pianist werden. Mein Lehrer schloss die Augen. Es tat gut, noch einmal den Klängen eines Instruments zu lauschen. Er dachte, dass er Bach immer gemocht habe, ihn stets als edel, fast erhaben empfand, auch wenn ihm die Solopartiten für Geige etwas zu kopflastig gewesen waren. Er dachte, Bach sei so etwas wie reine Musik, fern aller unnützen Spielerei. Er dachte, Bach habe die Struktur so weit getrieben, dass alle Nachkommenden keine andere Wahl gehabt hätten, als sie mehr und mehr zu verwischen. Er dachte an Bach und schlief ein.
Mein dritter Lehrer erwachte von einem gleißend hellen Schmerz. Hinter seinen Lidern staute sich Licht, bis seine Netzhaut brannte. Er riss die Augen auf. Wirre

Traumbilder flackerten durch seinen Kopf: das All, die Dunkelheit, mattgoldene Stäbe. Er hätte schreien wollen. Schmerz überfuhr ihn, brandete durch seine Glieder, es war nicht zu sagen, woher er kam, von überallher, so schien es, bohrten sich ihm glühende Stacheln ins Fleisch, schnitten blitzende Klingen sein Skelett entlang und hinterließen versengte Wunden. Er keuchte. Sein Schmerzempfinden, das wer weiß wie lange brachgelegen hatte, schrie mit jeder Faser gellend auf. Schon brach die nächste Welle über ihn herein, Hitze stieg hoch, als verbrenne er von innen, und aus weiter Ferne drang die erste Fuge des Bandes an sein Ohr. Er wurde ohnmächtig, sah sich erneut im schwarzen Nichts, und da waren wieder die mattgoldenen Stäbe, zusammengesetzt zu einem merkwürdigen Konstrukt, das sich, als er näher schwebte, von selbst zu verändern schien. Er erinnerte sich, dies war sein Traum gewesen: eine merkwürdige Figur, ein Gebilde aus unterschiedlich langen Streben, die in der Dunkelheit schimmerten, einander ergänzten, die Plätze auf eine Weise tauschten, dass stets lückenlos ein neues Bild entstand, und er selbst, der darum kreiste und vergeblich herauszufinden versuchte, wie das möglich war. Aber bevor er sich dieser merkwürdigen Traumwelt vollends bewusst werden konnte, fegte ihn ein neuer Schmerz zurück in die Wirklichkeit. Diesmal war es ein fassbarer Sturm, der von den Beinen aufwärts seinen Körper durchkämmte, in rasender Geschwindigkeit sein Nervennetz hinaufjagte und jeden Knoten zu sprengen schien. Ohne darüber nachzudenken, dass dies eigentlich nicht mehr in seiner Macht stand, riss er den Mund auf und rang nach Luft.

Dann hörte er es. Mit gedankenzersetzender Eindeutigkeit nahm er plötzlich jeden einzelnen Ton wahr. Die Fuge überkam ihn, füllte ihn aus, und er begriff, dass sein Traum, das All, die Stäbe, nichts anderes gewesen war als der hilflose Versuch seiner Vorstellungskraft, ein Bild zu finden, wofür es keines gab. Er hörte zum ersten Mal Musik, wie sie gehört werden musste. Mit seinem ganzen Wesen überließ er sich dem Klang, jede Note fuhr ihm ins Mark, und eine bittere Sekunde lang, in der sein Schmerz nachließ, schoss ihm durch den Kopf, dass er bis ans Ende der Welt hatte reisen müssen, dass er erst vollständig gelähmt sein, beinahe hatte sterben müssen, um sich der Musik, die ihm sein Leben erst ermöglicht hatte, vollständig auszuliefern. Nun verstand er, weshalb das unerklärliche Gefühl der Reue seine Tage bestimmt, weshalb er sein Schicksal als gerecht empfunden hatte. Doch schon überkam ihn eine weitere Flut, zerfetzte es seinen Körper unter der Qual, als drehe man ihm unbarmherzig tausend Schrauben zugleich in die Knochen. Vage spürte er, wie in seinem linken Knie etwas einrastete. Da hörte der Junge auf.

Die Fuge war zu Ende. Schlagartig verflog der Schmerz. Er sah an die Decke, er musste den Kopf in den Nacken gerissen haben, sein linkes Kniegelenk fühlte sich wund an, aber er fühlte es. Den Kopf heben konnte er nicht. Weiter, stöhnte mein dritter Lehrer. Weiter! Er hörte Schritte. Das ernste Gesicht des Jungen erschien über ihm, erschrocken, bestürzt sah es hinunter, wahrscheinlich würde er seine Eltern rufen, noch einen verrückten Heiler oder Scharlatan. Der Gedanke war unerträglich. Es gab nichts Wichtigeres,

als mit der Musik fortzufahren, nichts Dringlicheres überhaupt, aber die Tatsache, dass er gesprochen, sich bewegt hatte, schien das Kind zu verwirren. Irgendwie musste er es dazu bringen, wieder zu spielen, musste es schaffen, unbedingt. Weiter, krächzte er, bitte weiter! Obwohl der Bauernsohn seine Sprache nicht sprach, obwohl er ihm Angst machte, begriff der Junge, verstand, was von ihm verlangt wurde, zögerte, eilte dann zurück ans Klavier, schlug die nächste Seite auf und begann das zweite Präludium.
Er hatte es nicht so gut geübt wie das erste. Es holperte, vielleicht war er auch nervös, aber das Stück fing sich, in sehr gemäßigtem Tempo zwar, doch zum Glück unverkennbar. Es genügte. Gleich wurde mein Lehrer wieder vom Schmerz erfasst, aber er begrüßte ihn, jubelte innerlich ausgelassen über die Folter. Es schien ihm ganz leicht, sich in Bach zu versenken, völlig unklar dagegen, warum er nicht schon viel früher dazu gekommen war. Man musste nur *hören*. Er erahnte wieder die goldenen Stäbe, die Konstrukte, die sich immer neu zusammensetzten, und nun knackten seine Ellenbogen, ein Ruck durchfuhr seinen rechten Arm, und hinter all der Marter spürte er, dass auch sein Körper sich zusammensetzte, an Form zurückgewann. Die Brüche heilten. Die Knochen rieben aneinander, suchten Anschlüsse und Passformen und es war schier unerträglich, doch über allem schwebte nun Klang. Weiter!, brüllte mein Lehrer. Er ignorierte die Schmerzen, überließ sich ganz der Musik, die zweite Fuge begann und seine Eingeweide umschlangen einander. Er konnte spüren, wie sie von neuem Leben durchwalkt wurden, die gebrochenen Rippen richteten sich aus. Seine Schultern

klappten probehalber um, ohne dass er etwas tun konnte, jetzt schrie er doch, denn für Augenblicke war die Qual zu groß, doch schon hatte sich etwas eingerenkt, hatten sich Platte und Gelenk gefunden und waren wieder vereint. Das dritte Präludium. Mein Lehrer konnte hören, dass der Junge zitterte. Der Anschlag war ängstlich, die Linien klapperten, auch beherrschte er dieses Stück noch weniger als das vorhergehende, aber er war wirklich talentiert, es gelang ihm, und Knochen für Knochen setzte sich mein Lehrer wieder zusammen, bis es endlich in jedem Teil seines Körpers pulsierte. Er richtete sich mühsam auf. Weiter!, brüllte er und ließ sich vom Bett gleiten. Fast wäre er hingeschlagen. Seine Beine waren unsäglich schwach. Er packte einen Bettpfosten und hielt ihn, atmete durch. Wie gut es tat, sich rühren zu können! Vorsichtig schob er die Füße nebeneinander. Für keinen Lidschlag wandte er seine Aufmerksamkeit von der Musik. Wie in Trance versuchte er es erneut, stemmte sich hoch, ging probehalber ein paar Schritte. Er musste immer noch schwere Brüche haben. Überall glühten wütende Schmerzherde auf, manche Bewegungen waren nicht möglich, doch das alles war immer noch eine Wohltat, verglichen mit der Lähmung oder dem ersten Schmerz danach. Die dritte Fuge. Mein Lehrer schleppte sich an die Tür, griff nach einem Stuhl vom Tisch und schob ihn unter die Klinke. Die Gefahr, dass die Familie oder sonst jemand sie unterbräche, war zu groß. Weiter!, schrie er. Das Kind bebte. Schweiß rann ihm von den Schläfen, der Junge war leichenblass und starrte auf die Noten, wagte offensichtlich nicht einmal mehr, den Kopf zu drehen. Immer noch trafen seine Finger die richtige Taste zur richtigen Zeit. Das mattgoldene Konstrukt rotierte im Kopf meines Lehrers, veränderte sich rasend schnell, wie im Rausch griff er nun nach einzelnen Tönen, konnte die Schönheit, die Klarheit kaum fassen, die sich ihm mit einem Mal bot, und immer noch kratzte, scharrte, knackte es in ihm, bogen sich einzelne Skeletttteile zurecht, straffte sich Haut, streckten sich Muskeln. Er riss die Bandagen ab. Neben seinem Bett fand er seinen Rucksack, säuberlich verstaut daneben seine Kletterausrüstung. Er rupfte ein paar Kleider hervor, zog sich mühsam an, berauscht von jeder Phrase, erleuchtet von jedem Dreiklang Bachs. Viertes Präludium. Der Junge stockte, wahrscheinlich hatte er es noch nie gespielt. Weiter, drängte mein Lehrer, und als das Kind immer noch zögerte, riss er die Machete aus seinem Gepäck, mit der er sich einige Wochen zuvor durch den Regenwald geschlagen hatte. Er hielt sie dem Kind an den Hals. Weiter, weiter! Erschrocken schrie der Junge auf, stolperte in die komplizierten Takte hinein, und jetzt rüttelte jemand an der Tür, die Klinke wackelte. Eine Stimme von draußen, die Mutter. Sie klopfte gegen das Holz und er ritzte dem Jungen versehentlich in die wächserne Haut des Halses. Zwei Blutstropfen quollen hervor. Der Junge quiekte, fuhr aber fort, verspielte sich, das goldene Konstrukt wurde schemenhaft und drohte zu verschwinden. Weiter! Mein Lehrer bemerkte ein Stechen in den Zehen, ein Kribbeln auf der Kopfhaut, ein Ziehen in der Hüfte, am Hals. Es waren die wunderbarsten Empfindungen, die er je gespürt hatte, ein Beißen im Rachen, ein Zwicken und Zucken im Bein, und draußen trommelte nun auch die kleine Tochter gegen die Tür und kreischte, bald würde der Vater kommen und gewaltsam das Holz durchschlagen. Weiter! Vierte Fuge. Er presste dem Jungen die Schneide unter das Kinn. Der Junge spielte flatternd vor Angst das Thema, dann setzte die linke Hand ein, er griff falsch, brach ab, schluckte und kippte vom Stuhl. Steif, wie gefroren, lag er auf dem Boden. Mein Lehrer starrte ihn an. Das Kind hatte die Haltung nicht verändert, hielt die Beine immer noch angewinkelt, die Hände auf Brusthöhe, als wollte es gleich wieder anfangen zu spielen. Seine Augen blickten starr. Draußen näherten sich Schritte. Hastig stopfte mein Lehrer die Machete zurück, stopfte das Kletterseil ebenfalls in den Rucksack, schnallte ihn sich auf den Rücken und sah sich um.

Mein dritter Lehrer sagte, er sei über die Felder geflohen. Das Fenster habe er eingeschlagen, sei hindurchgesprungen und gerannt. Über eine karge, hügelige Landschaft sei es gegangen, zweimal sei er gestolpert und hingeschlagen, das Laufen sei er noch nicht wieder gewohnt gewesen, aber er habe die Zähne zusammengebissen, bis er in ein Waldstück gekommen sei. Dann weiter. Gegen Abend habe er Früchte gefunden. Kein einziges Mal habe er sich umgeblickt. Tagelang sei er gelaufen, beinahe ohne Unterlass, über Steinwüsten, Äcker, durch Gebirgssümpfe. Auch nachts sei er ausgeschritten, als habe sich in seiner Lähmung ein beinahe unerschöpflicher Vorrat an Kraft aufgestaut. Schließlich sei er in ein Dorf gekommen, von dort per Anhalter ins nächste Dorf. Hier sei es mit einem Bus weitergegangen, dann in einem weiteren Bus, bis er in der nächsten Stadt gelandet sei. Dort habe er unverzüglich den ersten Flieger nach Hause genommen. Er habe dem Abenteurerleben entsagt, seine Geige in Auftrag gegeben und sein Leben geändert.

Mein dritter Lehrer, den das Reden erschöpft hatte, sackte nach vorn, als seine Geschichte beendet war. Er wies auf das Bild. Die Bleistiftzeichnung lag unverändert da. Mein Lehrer schwieg, sein Kopf hing vornüber, die Schultern hoben und senkten sich schwach. Erst nach einer langen Pause ergriff er wieder das Wort. Er habe seit seiner Rückkehr keinen Tag verstreichen lassen, an dem er nicht Musik *gehört* habe. Natürlich frage er sich oft, was aus dem Jungen geworden sei. Er bete, dass das Kind vielleicht nur das Gleichgewicht verloren habe, in Starre liegen geblieben sei, hoffend, der weiße Mann mit dem Messer ließe dann von ihm ab. Dieser kleine Kerl habe fast seinen ganzen Körper wiederhergestellt. Nur die Linke sei noch nicht gesund gewesen und habe sich auf der Flucht verkrümmt. Er sei damit zu zahlreichen Ärzten gegangen. Keiner wisse Rat. Sie bleibe unbrauchbar für immer. Aber wenn das der Preis sei, sagte mein dritter Lehrer, wenn das der Preis sei, zahle er ihn gern.

03:40
Sie haben keine neuen Kurznachrichten

03:41
Sie haben keine neuen Kurznachrichten

03:42
Sie haben keine neuen Kurznachrichten

Ich bleibe hier, Carla. Ich habe mich gewappnet, habe meinen Geigenkasten mit auf die Bühne genommen, ich habe Kleingeld für Getränke und Müsliriegel eingesteckt. Ich wusste, in einem Fall der Fälle käme ich hierher. Bis hierher war ich vorbereitet.
Ich liege nun, wie du jetzt liegst. Auf dem Rücken. Du verbietest dir das Einschlafen in einer anderen Position. Dabei erwachst du täglich in Seitenlage, die Knie angewinkelt, die Arme zum Schutz vor der Brust gekreuzt. Du streckst sie dann rasch aus und gähnst wie ein verlegenes Raubtier. Noch aber liegst du so kerzengerade im Bett wie ich auf dem Linoleum. Nur, dass deine Augen geschlossen sind. Ich dagegen sehe ins Licht. Ein geordnetes Dickicht aus Neonröhren. Wenn ich zwinkere, haben sich mir ihre glühenden Abbilder auf die Netzhaut gebrannt.
Es ist Zeit. Die Schlitzaugenkatzen lauern auf meine Entscheidung. Ich könnte jetzt gehen. Das Konservatorium durchqueren. Treppen hinab, Gänge entlang, ein Fenster im Erdgeschoss einschlagen. Über die Felder fliehen, oder in einem Taxi zum Flughafen, in einem Flugzeug in ein anderes Land. Ein neues Leben. Ich atme aus, ich atme ein.
Du schläfst. Ich horche. Diese Stille hat sich verändert. In ihr liegt ein angehaltener Atem, eine gespannte Aufmerksamkeit. Du schreibst nichts von Vater, Carla. Seine Erwähnung hast du vermieden, wohl aus Angst, sie könnte mich in kopflose Panik versetzen. Doch ich bin gefasst. Glaub mir das. Ich wüsste nur gern, ob er tot ist. Oder beatmet auf der Intensivstation, schon wieder auf den Beinen oder für immer im Rollstuhl. Ob im Krankenhaus oder zu Hause oder hier, vor den Zellen-

türen. Wo ich ihn schweigen hören kann. Wartend, lauschend wie ich. Du schläfst. Die Schlitzaugenkatzen starren ungerührt. Das ist der Makel an jeder Art von Publikum. Im Grunde will es einen scheitern sehen.

03:45
Sie haben keine neuen Kurznachrichten

Carla scheiterte schon an den ersten Stufen. Sie trug neue Schuhe mit höheren Absätzen als gewöhnlich. Trotzdem sah sie nicht dorthin, wo sie hintrat, sah stattdessen zu mir und sprach über die Phasen, in die sie Affären, Beziehungen einteile, darüber, dass wir diese Phasen unterliefen, dass wir ihr nicht geheuer seien. Findungsphase, Zwischenphase, Irritationsphase. Ihre Stimme hallte unter der Altbaudecke und breitete sich wie ein Teppich über die hölzerne Treppe aus, und als sie mit einem Absatz an einer Stufe hängen blieb, war es, als hätte ihr jemand diesen Teppich mit einem Ruck weggezogen. Sie verstummte und verlor die Balance. Mit schreckensweiten Augen kippte sie vorwärts und ich machte einen Satz, riss die Arme hoch, doch Carla griff nach dem Geländer und klammerte sich fest. Sie hatte nicht einmal den Sekt losgelassen. Ungläubig sah sie mich an und lachte dann, hell und klar, ein mädchenhafter Laut, sie lachte noch, als ich ihr half, sich wieder aufzurichten. Carla zog die Schuhe aus und nahm sie in die Hand, wollte trotzdem die Flasche nicht hergeben, stieg neben mir weiter nach oben und kicherte den ganzen Weg.

Die Phase, in der wir uns befanden, nannte Carla Paarphase. Sie fügte hinzu, dass diese Phase den Idealzustand bezeichne und eigentlich erst nach längerer Zeit eintrete. Wir seien ihrer Gewohnheit voraus, sagte Carla und definierte die Paarphase als Zustand, in dem sich die gegenseitige Anziehungskraft gefestigt, der Zauber aber noch nicht verflüchtigt habe. Man wisse genug vom anderen, um sich fallen zu lassen, kenne sich aber noch nicht so gut, dass man abgestoßen sei. Ich war der Treppenstufe dankbar gewesen, ich hätte wirklich nichts darauf zu sagen gewusst. Paraphrase,

Pappnase. Tatsächlich hatten wir die Sonntage, die aufgekratzten Nächte hinter uns gelassen, trafen uns nun öfter und unverhohlener. Carla war sanfter geworden, anhänglicher auch. Sie hakte sich unter, die Absätze ihrer Schuhe stachen mir in die Seite und sie schmiegte, ich verstand nicht, wie sie das im Gehen fertigbrachte, den Kopf an meinen Arm. Ihr Kichern eilte uns voraus, glitt silberhell bis an die Tür hinauf, in die von Schleesdorf gelehnt stand.

Wir waren früh. Er sah uns entgegen, die Mundwinkel zu einem gequälten Lächeln verzogen, als hoffe er, man erkläre ihm einen hintergründigen Witz. Von Schleesdorf, sagte ich. Er musterte Carla, ließ sich fast nichts anmerken, und sie ließ ihn nicht zu Wort kommen und überreichte ihm den Sekt: zur Einweihung von Schleesdorf. Ich entschuldigte unseren Humor. Wir seien leider sehr glücklich.

Von Schleesdorf, hatte ich Carla erklärt, sei ein Snob, reich und wehleidig, wie sie selten geworden seien. Ich verdankte seinen Respekt meinem Geigenspiel. Er wiederum verdankte sein Geld seinem Stammbaum und investierte viel davon in teure Schals, die er zu jeder Jahreszeit trug. Selbst im windstillen Hochsommer flatterten sie melancholisch hinter ihm her, weshalb man ihn nur mit dem adelsträchtigen Nachnamen ansprach wie ein trauriges Schlossgespenst. Er war grotesk hässlich und groß. Die Aussichtslosigkeit seines Klavierstudiums verband er mit einem Leiden an der Welt und chronischen Rückenschmerzen. Er begleitete mich bei meinen Vorbereitungen für die Prüfung, leistete sich oft unnötig viel Pedal, spielte ansonsten aber passabel. Weil die Philosophie-Studenten, mit denen er lange

zusammengewohnt hatte, schließlich ihre Wohngemeinschaft hatten auflösen müssen, sah er keinen Sinn mehr darin, weiter dem Lebensgefühl eines mittellosen Intellektuellen nachzueifern, und zog in ein Loft mit Blick auf die Stadt. Zu seiner Einweihungsfeier lud er mich mehrfach ein, kam nicht umhin zu betonen, er wolle auch endlich die Frau an meiner Seite kennenlernen, und ich erzählte Carla davon, so spöttisch wie möglich erzählte ich es ihr, und war überrascht, als Carla sagte, wir gingen hin, jawohl, sie komme mit.
Von Schleesdorf bot uns eine Führung an. In der Küche grüßten erste Gäste. Er stellte den Sekt in die Kühlschranktür. Die Räume waren einschüchternd hoch. Ein Badezimmer samt Wanne und Standspiegel, der Größe seines Besitzers angemessen. Ein Schlafzimmer, das noch nicht vollständig eingerichtet war. Ein geräumiger Flur, dahinter ein Arbeitsraum mit Schreibtisch und Bücherregalen aus Kirschholz. Im Wohnzimmer ein Flügel, daneben ein E-Piano, dahinter Schränke mit Noten und Spirituosen und eine unschlagbare Aussicht. Wir blieben an der Fensterfront stehen. Neben uns stand ein Tisch, darauf Bowle. Ein großer Kelch, in dem Obst umhertrieb, Ananas- und Papayastücke. Von Schleesdorf rührte darin. Er griff nach Gläsern, schenkte uns ein und entschuldigte sich mit Gastgeberpflichten. Kurz hatte es den Anschein, als wollte er vor Carla zu einer Verbeugung ausholen. Wir stießen mit ihm an, er ging, wir sahen hinaus, sahen das Rathaus und berühmte Kirchtürme und erahnten den Sportplatz vor meiner Wohnung, auf dem noch die Türkenjungs in der Sommerdämmerung kickten. Carla sagte, sie sei seit zwanzig Jahren auf keiner Party mehr gewesen. Ich gab

zurück, wir könnten gehen, ich wisse gar nicht, warum wir hier seien, wenn sie sich nicht wohlfühle, gingen wir sofort. Carla schüttelte den Kopf, griff nach meiner Hand und wiederholte, sie sei seit zwanzig Jahren auf keiner Party mehr gewesen! Ich nickte, wieder wusste ich nichts zu sagen. Wir warteten ab.

Die Dunkelheit kam allen Beteiligten entgegen. Bald trafen Gäste im Minutentakt ein. Carla und ich blieben am Fenster und sahen durch die Tür in den Flur, wo von Schleesdorf mit Handschlägen beschäftigt war, mit Umarmungen und überraschten Ausrufen, die aus seinem Mund klangen wie Walgesang. Er hatte sich einen farbenfrohen Schal umgebunden, das Jackett umflatterte ihn. Bei seinen Feiern, das hatte er stolz berichtet, waren die besten Tänzer geladen, auch die Konsumenten teuerster Drogen und Frauen, die man als besonders bezeichnen musste, und seine Aussichten bei ihnen als besonders hoffnungslos. Um uns bildeten sich Gesprächsgruppen. Frisuren wurden geprüft, Lippen nachgezogen, Posen, Augenaufschläge erprobt, Ausschnitte ins Spiel gebracht. Wir waren eine Insel, angeregte Diskussionen umflossen uns und versickerten in belanglose Plauderei. Man zog die Gardinen zu, weil Mondlicht als zu mild für das Vorhaben eingestuft wurde. Man sortierte Flaschen auf Fensterbänken, man schraubte rote Glühbirnen ein. An der Decke hing unversehens ein paillettenbesetzter Hasenkopf und funkelte träge hinab.
Wir tranken Bowle. Ich schmeckte den Alkohol nicht, nur beim Biss auf die Fruchtstücke schoss er mir scharf in den Rachen. Die Räume füllten sich. Ein Einbeiniger

humpelte mit Krückstock umher und rief ungehalten nach Kaffee. Ein Mädchen mit umgeschnallten Flügeln hielt ein Schild, auf dem stand, dass die grüne Fee zur grünen Stunde erscheine. Von Schleesdorf machte Anstalten, in der Menge verloren zu gehen. Es wurde durch Haare gefahren. Man krempelte die Ärmel hoch und hauchte in die hohle Hand, um die Atemfrische zu prüfen. Es wurden Lächeln getauscht, Getränke und Telefonnummern. Bald wurde getanzt.

Unter den Bässen vibrierte der halb geleerte Bowlenkelch. Stehlampen waren aufgetaucht, verhängt mit gelben und blauen Tüchern, es gab auch Kerzen, und der Hasenkopf drehte sich plötzlich und glitzerte engagiert. Reste einer Torte machten die Runde, es standen Tabletts voller Käse bereit. Grell geschminkte Oberstufenschülerinnen lagen einander kreischend im Arm. Gläser gingen zu Bruch. Vasen gingen zu Bruch. Ein Bilderrahmen wäre beinahe zu Bruch gegangen, jemand fing ihn knapp über dem frisch verlegten Parkett. Von Schleesdorf hielt wechselnde Miniröcke an sich gedrückt und erklärte in hektischer Manier die Funktionsweise des Plattenspielers.

Der Einbeinige stand mit einer dampfenden Tasse neben uns und nickte grimmig im Takt. Hemdknöpfe wurden geöffnet, Tops verrutschten dezent. Auf dem Flügel räkelte sich ein praller Transvestit. Der DJ drehte an seinen Reglern und stapelte elektronische Sounds wie Erdschichten im Raum. Undurchdringliche Frequenzen, zu denen gesprungen wurde, gestolpert und sich in Lichterketten verfangen, Zusammenstöße gab es, die sich mit Gelächter lösten, manche lösten sich auch nicht. Es wurde mit Limonen und Bierflaschen jongliert, es wurde Schnaps im Mund angezündet und gespuckt. Von Schleesdorf fiel über verschlungene Körper und fluchte. CD-Regale gingen zu Bruch. Salatschüsseln gingen zu Bruch. Haare, Hüften, Nebenmänner gingen aus der Form, es wurde geschüttelt, was verfügbar war, es wurde nachdrücklich geküsst. Die Fee schlang ein Bein um das Bein des Einbeinigen, ihre Flügel hinreißend geknickt. Das Schild schien sie verloren zu haben. Jemand stürmte nur mit Handtuch bekleidet herein und brüllte, in der Wanne schwimme ein gänzlich unbestimmbarer Fisch.

Als wir gingen, stand von Schleesdorf im Flur. Sein Hemd war mit Papayafragmenten befleckt. Er wirkte mitgenommen und umarmte uns auf Zehenspitzen, fiel fast vornüber und murmelte wirr. Carla nahm ihren Mantel vom Haken. Ich lieh mir ohne zu fragen einen lilafarbenen Schal.
Wir traten fröstelnd hinaus. Die Nacht war sternenklar. Auf der leeren Straße lag ein ernüchternder Schimmer. Über uns verflog der Lärm aus dem obersten Stock wie ein beiläufiger Gedanke, und ich nahm Carla am Arm, ich lief mit ihr eilig den Bürgersteig hinunter, bis an die Gabelung zwischen U- und Straßenbahn.
Dort blieb ich stehen. Ob ihr aufgefallen sei, fragte ich, wie einvernehmlich man genickt habe, als wir gegangen seien? Ein Taxi fuhr vorüber, deutete einen Schlenker in unsere Richtung an, und als wir nicht reagierten, brauste es beleidigt davon. Ob sie gemerkt habe, wie man uns gemieden habe, ohne böse Absicht, einfach, weil wir kein Teil der Bewegung gewesen seien? Meine Worte klangen seltsam stolz und ich schüttelte den Kopf,

blickte zurück in die Straße, aus der wir kamen, ich wollte bereits zu Hause sein. Carla schnalzte, dass die Mietshausfassaden zuckten. Ob alles in Ordnung sei, fragte ich. Doch sie schüttelte nur den Kopf, drehte sich um und marschierte davon. Im ersten Moment fürchtete ich, sie sei wieder wütend geworden. Ich lief ihr nach, doch Carla rief über die Schulter, dass sie mir etwas zeigen wolle, mir noch etwas schuldig sei. Ich verstand nicht, wovon sie sprach, rief, dass sie anhalten solle, ich hatte Mühe, ihr zu folgen. Carla ging schnell. Sie hatte sich an die hohen Absätze gewöhnt. Den Riemen ihrer Handtasche entschlossen in der Faust, bog sie mit einem herausfordernden Knirschen in die nächstgrößere Straße ein. Die Richtung brachte keinen von uns weiter, führte weg von meiner Wohnung und zwischen allen nutzbringenden Stationen des öffentlichen Nahverkehrs hindurch. Zugetraut hätte ich ihr, aus der Laune heraus einen beliebigen Weg zu wählen, doch die Art, wie sie ging, verriet ein Ziel.

Die Stadt schien ungewöhnlich leer. Ihre nächtlichen Geräusche klangen wie vom Band eingespielt, ferne Musik aus Bars, Motoren, irgendwo kläffte ein Hund. Wider besseres Wissen fragte ich noch einmal, wohin wir gingen und ob diese Eile nötig sei. Ein Betrunkener taumelte uns entgegen, er rief: Ey, yo, Captain Jack. Carla machte einen Bogen, ich wich nicht aus und er rempelte mir gegen die Schulter. Wir schnitten den Rand des Ausgehviertels. Am Fahrbahnrand standen weitere Taxifahrer vor ihren Wagen und kauten Zahnstocher, Neonreklamen funzelten Schriftzüge und blinkende Sombreros. Es roch nach Bratfett, wir bogen in eine Seitengasse ein, dort lag der Müll in kleinen,

raschelnden Haufen, ich verlor die Orientierung, ich rannte ein paar Schritte und schloss zu Carla auf. Wohin es gehe, was das werden solle, wie lange wir noch bräuchten? Carla fasste nach meinem Ärmel und zog mich, und dann trafen wir auf den Fluss.
Das Wasser tauchte unvermittelt auf, schwarz wie der Straßenteer. Ich staunte, ich war selten hier gewesen und hatte nicht gewusst, dass der Flusslauf eine Biegung beschrieb und so weit in diesen Teil der Stadt ragte. Es kam mir falsch vor, als hätte Carla geschummelt. Sie ließ mich ungeduldig los.
– Wo bleibst du, Hasenmeister?
Carla ging flussabwärts, stapfte durch Ufergras. Der Tau fand mühelos den Weg in meine Schuhe. Ich holte sie erst ein, als wir bereits eine schmale Brücke überquerten, die hölzern war und wenig vertrauenerweckend. Dahinter Wiese und Hochhaussilhouetten. Schweigend gingen wir querfeldein. Es dauerte lange, bis ich die Gegend erkannte. Ein Baum mit grotesk zugespitzter Krone, gleich darauf ein Mäuerchen. Von dieser Seite war ich bislang nie in den Park gekommen. Der ausgedehnte Flecken Grün grenzte an die Universität. Hier traf ich mich etwa einmal im Monat mit Chang, um zu kiffen und paranoide Schauer zu genießen, die das perlende Rascheln der Birkenblättchen über unsere Rücken jagte. Hier lebten Hasen und Professoren, verkündete ich Carla, und dass ich mich wieder auskannte, aber sie nickte nicht einmal. Stockte nur einen Lidschlag lang und fand den Trampelpfad durchs Gebüsch. Es knackte im Unterholz. Wenn ich zu viele der kleinen Joints geraucht hatte, die Chang Nachtschwärmer nannte, dann hatte ich mich oft endlos ver-

laufen, war ins Lachen geraten über die Gleichförmigkeit von Bäumen und Sträuchern und hatte überlegt, wo mein Fahrrad stand, ob ich überhaupt mit dem Fahrrad gekommen war. Auch jetzt wucherten die Schatten um uns her, ließen das Dickicht dichter erscheinen, ich stolperte über eine Wurzel und konnte mir den Aufschrei verkneifen. Carla schnaubte trotzdem, schlug eine Schneise und drückte Äste beiseite, bis wir unvermutet wieder auf Asphalt traten und ins Laternenlicht. Ich blinzelte hektisch. Carla überquerte die unbefahrene Straße. Als ich mich an die Helligkeit gewöhnt hatte, war sie bereits auf dem Campus.

Das Universitätsgelände hatte ich nie zuvor betreten. Fade Rasenflächen, von groben, schier fensterlosen Betonklötzen umringt, beinahe wäre ich nach wenigen Metern gegen eine steinerne Tischtennisplatte gestoßen, sah große Nummern an den Gebäuden und einen Wegweiser für die Biochemie. Carla kannte sich aus. Sie umrundete Bänke, lief an der Cafeteria vorbei, bog ab, zwischen zwei Litfaßsäulen hindurch, und blieb an einer Glastür stehen. Als ich sie einholte, hielt sie Schlüssel in der Hand. Was sie vorhabe, wie sie denn darauf käme, ob das nicht Einbruch sei?

– Psst!

Sie schloss bereits auf. Ich war auf eine Sirene gefasst. Doch nichts geschah, nicht einmal die Angeln quietschten, als Carla gegen die Tür drückte und mich hinter sich herzog. Es roch nach Putzmitteln. Vor uns lag ein dunkler Gang. Nur das Glimmen der Lichtschalter und ein grünes Notausgangsschild ließen eine Unzahl von Holztüren erahnen, die sich scheinbar endlos fortsetzten. Daneben Nummern und Namensschilder. Sie verschwammen vor meinen Augen, wir liefen daran vorbei, standen plötzlich vor einer weiteren Glastür, es war, dachte ich, dasselbe, klobige Modell wie am Eingang. Nur unverschlossen, flüsterte Carla, stemmte sich dagegen und drückte es auf, noch bevor ich sie fragen konnte, was ihr einfalle, meine Gedanken zu lesen. Sie schob mich ins Treppenhaus. Schnatternd wie eine Gänseschar gingen die Lampen an. Ich erschrak. Carla flüsterte, hier seien keine Fenster, hier bemerke uns niemand mehr. Warum sie dann flüstere, flüsterte ich, und Carla stieg hinab.

Die Stufen aus grauem Stein, das Geländer rot lackiert. Wir gingen ein Stockwerk, zwei Stockwerke nach unten. Dann traten wir aus dem Treppenhaus zurück auf einen weiteren Flur. Auch hier konnten wir Licht machen, wir mussten meterweit unter der Erde sein, und Carla eilte nun mit einer Siegesgewissheit voran, die verriet, wie wenig sicher sie ihrer Sache gewesen war. Die abzweigenden Holztüren dieser Etage waren ebenfalls nummeriert und beschriftet. Im Hellen waren sie schärfer zu sehen, ich konnte Laborbezeichnungen lesen, kryptische Abkürzungen, Hrsl.1, Lb23C, hinter denen man grausame Experimente finden konnte oder den Restbestand an Vokalen. Ein Zeitschriftenständer. Ein Reißbrett, das vor Zetteln überquoll. Der Gang knickte brüsk nach links und mündete in eine Pforte. Eine eiserne Sicherheitstür. Sie war weiß gestrichen. Ich kannte die Machart von Heizungskellern, nur hatte dieses Exemplar zwei opulente Schlösser und einen Griffbalken aus Holz. Ein laminiertes Schild daran verbot Streichhölzer und Feuerzeuge, ein zweites führte klein gedruckte Sicherheitsmaßnahmen auf. Carla

suchte an ihrem Bund, drehte umständlich die Schlüssel, es knarrte, und für einen Moment war ich überzeugt, die Sirene heule nun doch noch los.
– Angsthase, Hasenmeister!
Es war nur alarmierender Geruch, der uns entgegenschlug. Die abgestandene Schärfe spannte mir die Kiefermuskeln. Man gewöhne sich daran, sagte Carla, laut und unglaubwürdig. Vor uns lag nun ein fensterloser Saal. Die Decke war niedrig, die Wände im Vergleich zum Gang aschgrau, mit einer Schicht lackiert, die allenthalben zu dicken Tropfen geronnen war. Carla führte mich andächtig einige Schritte vorwärts. Am gegenüberliegenden Ende lagen Einbuchtungen im Stein, ich zählte fünf, in denen metallene Liegen standen. Links waren Regalbretter angebracht, darauf Gläser mit trüber Flüssigkeit, darin Dinge, die ich nicht sehen wollte. Ansonsten war der Saal leer. Rechts von uns schmiegte sich eine weitere, auffallend unscheinbare Tür in die Wand.
– Warte hier, Felix.
Carla fasste mich an den Schultern, zum Zeichen, dass unser Weg zu Ende war. Dann wandte sie sich um, ging auf die andere Tür zu, schloss auf und verschwand.

Ich fror. Carla hatte die Tür angelehnt gelassen, doch aus meinem Blickwinkel war dahinter nur kahler Zement zu sehen. Der Weg steckte mir in den Beinen. Ich kauerte mich hin. Erst jetzt fiel mir auf, dass sie ihre Handtasche stehen lassen hatte. Die Tasche war grün. Ihr Stoff schimmerte sanft. Es war ein auffälliges Exemplar, und ich war plötzlich sicher, dass Carla sie noch nie zuvor in meiner Gegenwart getragen hatte. Durch den Türspalt drang ein verhaltenes Rumpeln, dann ein Kreischen wie von Metall auf Metall. Mein Herzschlag stockte. Ich zwang mich, die Tasche anzusehen. Eine modische Tasche war es, so neu wie die Stöckelschuhe, an den Enden spitz zulaufend, mit schmalen Lederbändchen als Halteriemen. Der Reißverschluss war nachlässig zugezogen, an der Seite klaffte eine Lücke, es sah aus, als entblöße er ein schiefes Grinsen, ich hatte bislang noch selten Handtaschen mit Reißverschluss gesehen. Aus dem benachbarten Gewölbe drang ein Poltern und grässliches Schaben. Ich blickte nicht auf, ich sah genauer hin. Durch das Grün des Stoffes zogen sich matte Silberfäden. Das Muster war großzügig eingewoben, sodass man es erst bei längerer Betrachtung erkannte. Vermutlich blitzte es auf, wenn man mit der Tasche einen sonnenbeschienenen Platz überquerte, hinterließ ein interessiertes Funkeln in den Augen der Passanten und Cafébesucher, vermutlich zog es Blicke nach sich. Ich ignorierte das Hämmern an meinen Rippen, ignorierte den kalten Schweiß und wog ab, ob die Tasche zu Carlas Stil passte, ob sie angemessen wirkte oder vielleicht eine Spur zu keck. Ich versuchte, von den sanften Beulen an der Außenseite auf den Inhalt zu schließen. Schminkdöschen, sagte ich mit belegter Stimme, ein Fläschchen Wasser, vielleicht eine Tamponpackung, sagte ich, als es in meiner Nähe krachte.

– Felix!

Carla kämpfte mit einer Bahre auf Rädern. Sie war gegen die Tür geprallt, hatte sie aufgestoßen und schaffte es nicht, ihre tuchbedeckte Fracht über die hervortretende Schwelle zu schieben. Ich sprang auf, rannte hinzu und packte den eiskalten Griff am Kopfende. Gemeinsam wuchteten wir die Bahre herein. Carla keuchte, was mit mir los sei, und ich schüttelte den Kopf, ich wusste, ich war bleich geworden.

Sie dirigierte uns in die mittlere der fünf Einbuchtungen. *Apsis III* stand auf dem Schild. An der Liege klappte sie eine Seitenvorrichtung auf und wir schoben die Bahre hinein, bis sie einrastete. Carla prüfte den Sitz, dann klappte sie die Seitenvorrichtung zu. Während sie ihre Handtasche holen ging, erklärte sie munter, dass sie momentan einen Lehrauftrag als Assistentin habe. Pflicht. Jeder Chirurg der Klinik habe ein Semester im Vertrag festgeschrieben.
– Daher die Schlüssel, Felix. Hörst du mir zu?
Sie sah mich prüfend an und positionierte mich an einer Längsseite des Tisches. Selbst ging sie an die andere, sodass wir uns gegenüberstanden, zwischen uns das weiße Laken und die Konturen, die sich darunter abzeichneten.
– Sieh mich an, Felix. Sieh einfach hierher.
Ich schluckte. Carla zog einen schmalen Aluminiumkoffer aus dem Bodenraum der Liege. Sie öffnete ihn und nahm Skalpelle heraus, eine Greifklammer, Scheren und Spreizer. Gummihandschuhe zog sie sich über und reichte auch mir ein Paar. Ich nahm sie entgegen, zog sie aber nicht über. Carla runzelte die Stirn, sie band sich bereits einen Mundschutz um. Reine Gewohnheit, versicherte sie und schlug das Laken zurück.
Die Leiche war grau. Der Schatten des Tuches wich zögernd von ihrer Haut. Ein neuer Schwall des abgestanden scharfen Geruchs umfing uns. Ich hatte nun

Gewissheit über seine Quelle, ich fühlte mich zittern und hielt die Luft an. Carla zog das Laken über Bauch und Hüfte, fasste nach, zog es an Oberschenkel und Knien entlang und rupfte es sanft von den Füßen. Einen Moment lang hielt sie den Stoff mit abgespreizten Fingern und ließ dann los, als habe sie mit einem Mal das Interesse daran verloren.
Auf Beerdigungen mit offenem Sarg hatte ich viele Tote gesehen. Wir spielten meist von der Empore, die Entfernung war groß, und natürlich wusste ich, dass man die Verstorbenen vor ihrem letzten gesellschaftlichen Auftritt entsprechend vorbereitet hatte. Viele waren so sorgsam angekleidet wie wohl zu Lebzeiten nicht, in unpersönlicher Förmlichkeit beim eigenen letzten Geleit. Ihre Gesichter hatte man geschminkt, vielleicht auch die Gesichtszüge vor dem Entgleiten geschützt, aber wenn es diese Maßnahmen waren, dann zeigten sie Wirkung. Es lag noch eine Stimmung auf ihren Zügen. Oft hatte ich beinahe erwartet, dass der Tote sich erhebe, Beschwerde einlege gegen die Musik oder Beifall klatsche, die Anwesenden auffordere, nicht so trübsinnig herumzustehen, es gehe weiter, müsse weitergehen, und heute sei doch ein schöner Tag. Dieser Tote war anders, er war schon weiter weg. Das Alter des Mannes schwer zu schätzen. Groß, leichtes Übergewicht. Der Gesichtsausdruck undeutbar, auch, ob er gut oder schlecht ausgesehen hatte. Aus irgendeinem Grund schoss mir der Satz durch den Kopf, der auf dem Schild des beflügelten Mädchens gestanden hatte, und ich murmelte, dass die grüne Fee zur grünen Stunde erscheine, ich sagte es wieder und wieder auf.
– Ganz ruhig, Felix.

Die Wangen stoppelig, das verbliebene Haar zurückgestrichen. Wie ein Bildfehler der Schnitt, der sich längs über den Torso zog. Carla spreizte ihre Finger, bis es knackte. Sie müsse mich darauf aufmerksam machen, dass wir hier das Gesetz der Totenruhe brächen.
– Er heißt Mathieu.
Mit dem Zeigefinger fuhr sie andächtig das Profil des Toten entlang. Dann straffte sie sich, nahm ein Skalpell und klopfte damit an den Rand der Liege, dass es sirrte.
– Das, Felix, ist meine Musik.

Carla schlug Mathieu auf wie ein altes, zerbrechliches Buch. Seine Organe lagen blass im Licht des Kellers. Sie waren separiert, aber ihrer ursprünglichen Position entsprechend angeordnet worden. So zumindest schien es mir, ich kannte mich nicht aus, erkannte keinen Zweck in ihrer Form und Position, ich hatte mich nie damit beschäftigt. Paraphrase, Pappnase, Angsthase. Carla fuhr mit der Greifklammer über die Innereien hinweg. Mathieu ertrug es gleichgültig. Trotzdem winkte sie mich heran, als könne die Leiche jeden Moment die Geduld verlieren. Ihre Lungenflügel zwischen den bräunlichen Hautlappen, zu den Schultern verlaufende Muskelstränge. Carla holte Blechschalen hervor, platzierte drei vor sich und reichte mir die restlichen hinüber. Ich nahm sie, reihte sie nach ihrem Vorbild auf und griff nun doch nach den Gummihandschuhen. Vor Schweiß spürte ich kaum, wie ich hineinglitt. Auch einen Mundschutz band ich um und sah zu, wie Carla sich mit einem Spatel zwischen die Außenhäute der Knoten und Wülste tastete, die zwischen uns lagerten. Mit einer Zange griff sie nach, wies mich durch ein Rucken des

Kopfes an, eine der Schalen zu halten, und entließ Sekunden später einen zerfurchten Klumpen in das metallische Rund. Das, flüsterte sie, sei das Herz.
Es war leichter, als ich angenommen hatte. Auch kleiner, es rutschte nach links, weil ich die Schale schief hielt, und rasch stellte ich sie an den Rand zurück, ohne länger hineinzusehen. Carla war bereits wieder über den Leichnam gebeugt. Sie arbeitete bedächtig und gab sich leise Befehle, nahm Gerätschaften, als folge sie Eingebungen, manchmal führte sie Schnitte aus, wo es nichts zu durchtrennen gab. Wirklich erinnerte mich die Sorgfalt ihrer Hände an das Spielen eines Instruments. Ihr routiniertes Abwägen von Millimetern, die eleganten Schwünge, mit denen sie zuweilen ausholte. Es ließ sich nicht sagen, ob sie überflüssig waren, aber da gab es erkennbaren Rhythmus, präzise Drehungen des Handgelenks, die Hingabe verrieten. Ein weiteres Kopfrucken. Wieder hielt ich ihr eine Schale hin, ich hielt sie diesmal gerade. Das sei die Milz.

Vielleicht vergingen Stunden. Die Schalen füllten sich rasch. Ich zitterte nicht mehr, ich war ganz ruhig geworden und fast eifersüchtig auf die Achtung, mit der Carla Mathieu berührte. Sie ging so besonnen vor, als seziere sie einen atmenden Menschen, ohne dass der etwas spüren dürfe. Die Lichterketten, der Hasenkopf zogen an mir vorbei, die Menschen, die auf der Feier gelacht, getanzt, getrunken hatten, vielleicht war ich unglaublich müde, vielleicht wacher denn je. Das sei die Leber, sagte Carla. Hier verlaufe die Speiseröhre, hier sei Gewebe, hier sitze das Fett. Sie sortierte Sehnen, legte Knorpel und die hinteren Rippenbögen frei. Die Innenwände der Haut kamen zum Vorschein, Abdrücke, wo Adern verlaufen waren, Geflecht, das spröde Weiß der Wirbelsäule. Das sei die Niere, das die Gallenblase. Carla sprach, ich nickte, hielt und musterte die aufgereihten Teile, allein wirkten sie klein und verloren und rätselhaft schön. Das sei der Blinddarm, flüsterte Carla. Das die Bauchspeicheldrüse. Das sei der Dünndarm, das Zwerchfell.

04:46
Sie haben keine neuen Kurznachrichten

Sie haben keine neuen Möglichkeiten.
Es ist Zeit, Carla. Bis hierher war ich vorbereitet. Jetzt rückt die Erinnerung näher. Ihr abgestanden scharfer Geruch ist hereingezogen und hat das Katzenfutter verdrängt. Er schlägt mir entgegen, ich stelle mir vor: Vater tot. Liegend auf einer Bahre.
Manchmal, wenn ihm der Alkohol ausgegangen war, brachte er für die Reinigung der Geige Desinfektionsspray aus seiner Praxis mit. Kleine, weiße Sprühfläschchen. Auch du dampftest an den Sonntagmorgen oft vom sterilen Aroma der Anästhesie. Blitzendes Operationsbesteck. Funkelnde Stahlsaiten. Das Können des Geigers offenbart sich auf der höchsten, der dünnsten, der E-Saite. Dort, wo es am lautesten und grellsten tönt, neigt der Klang wie nirgendwo sonst zur kreischenden Flucht. Schnitt am offenen Herzen. Zu leicht, zu halbherzig bespielt, im falschen Winkel gestrichen, schon ist es passiert.
– Ich bin doch nicht aus Zucker!
Auch deine Stimme holt mich ein. Du hast Kondomverpackungen aufgerissen wie das Plastik von Impfstoffampullen, du hast nie mit mir geschlafen ohne die Gummihülle zwischen uns. Die quietschenden Handschuhe aus Apsis III, das Zwicken, mit dem die Härchen am Handgelenk vom schrumpfenden Latex ausgerupft werden. Deine routinierte Abscheu vor Keimen. Manchmal trocknetest du dich noch währenddessen mit einem Handtuch ab. Ich hätte Mathieus Darm mitnehmen, ich hätte eine Saite daraus drehen sollen für

diese Nacht. Er hätte nichts dagegen gehabt. Ich atme durch den Mund.

04:49
Sie haben keine neuen Kurznachrichten

Vater tot. Ich stelle mir vor: die Haut eiskalt und grau. Seine Augen wirken geschlossen erstaunlich klein, erstaunlich nah beieinander, sind lediglich von einer erstaunlich dünnen Nasenwurzel getrennt. Überhaupt, das Gesicht: ohne Regung unscheinbar. Der Mund hält sich bedeckt unter Bartgestrüpp, ebenso die schlaffen Wangen, der lederne Hals. Vaters Arme, angelegt, umfließen das Massiv des Bauchs wie ausgetrocknete Kanäle. Sein Geschlecht der Rücken eines verängstigten Schalentieres. Die strammen Beine krumm. Ein dicker, kleiner Mann, mit Händen so prall, als seien sie stets geballt. Nicht zu ahnen, dass dieser Körper zu Erhabenheit imstande war. Vater starr, Vater tot.
– Felix, verdammt noch mal, siehst du nicht, wo das hinführt?
Du schläfst. Du verstehst das nicht. Musik und Medizin, Carla, führen zu Vater hin. Wusstest du, dass dein Geburtstag fast auf den Tag genau zwischen seinem und meinem liegt? Dass ihr an derselben Universität studiert habt, womöglich dieselben Professoren kennt, am Ende auf denselben Kongressen gewesen seid, die gleichen Vorträge gehört habt? Wusstest du, dass er mir den Auftritt meines Lebens, ja, das wusstest du schon.

04:51
Sie haben keine neuen Kurznachrichten

Sie haben keine anderen Optionen.
Ich kann nicht mehr ausweichen, Carla. Ich habe keine Tabletten, keine Zuflucht an diesem Punkt. Ich liege, wie du liegst, wie er liegt. Wir: auf dem Rücken. Ich habe zu lange ins Licht gesehen. Vielleicht hast du dich bereits umgedreht, vielleicht schon auf die Seite gewälzt, gefährlich nah an den hageren Chefarztkörper, der dir zuliebe das Schlafen bei offenem Fenster erträgt und friert, kein Auge zubekommt. Er hat gefragt, warum du krank aussiehst. Das ist eine dumme oder unverhohlen misstrauische Frage für einen Arzt. Du hast mir die Antwort verschwiegen, wahrscheinlich auch ihm. Ich stelle mir vor: der Mann neben dir im Dunkel. Die gefalteten Hände liegen ihm schwer auf der Brust, aber er hat sie nun einmal gern gefaltet, hat sie auch tagsüber gefaltet auf seinen Schreibtisch gelegt und lässt Akten und Schicksale daran zerschellen. Starrt nun an die Decke mit diesem Blick, der es gewohnt ist, Menschen zu durchschauen, der unter die Haut geht, direkt auf Herzen, Lungen, Gehirne. Eure Kleider legt ihr, gleichgültig, wie müde ihr seid, noch in getrennte Wäschekörbe. Er schließt die Tür nicht, wenn er ins Bad geht, du ziehst dich schamlos vor ihm um. Ihr habt nichts mehr zu verbergen. Die verbliebenen Konflikte löst ihr schnell und stumm wie Knoten in Schnürsenkeln.

04:54
Sie haben keine neuen Kurznachrichten

Ich rapple mich hoch. Durch das Liegen ist mein Körper abgeflacht. Die platten Stellen schmerzen, am Rücken, am Hinterkopf. Ich fühle mich taumeln, ein alter Boxer nach einem grausamen Hieb. Die Schlitzaugenkatzen kichern. Sie feiern hämisch zuckend Triumph. Biester, zische ich, doch sie gackern weiter, gezackte Laute, an- und abschwellend, wie sie nur hingekritzelte Bosheit ausstottern kann. Ich falle nach vorn, zwei Schritte durch die Zelle, erwische den Schalter und knipse ihnen das Licht aus.

Jetzt.

Völlige.

Finsternis.

Es ist Zeit. Obwohl die Katzen nun schweigen, ist diese Stille nicht mehr auf meiner Seite. Sie hat sich mit der Kälte verbündet, gemeinsam sind sie noch kälter und stiller, und Hinhören nutzt nichts mehr. Ich sehe mattgoldene Stäbe, pulsierend im schwarzen Nichts. Abbilder der Neonröhren, Längsstreben meiner Gefängniszelle, an ein Rütteln ist nicht zu denken, nicht einmal greifbar sind sie. Ich habe zu lange ins Licht gesehen, Carla. Jetzt ist es um ein Vielfaches dunkler als bei dir. Wenn du die Augen öffnest, kannst du im schummrigen Dämmer vertraute Schemen erkennen. Wände mit Bildern und Büchern, den Schrank, das Profil auf der anderen Bettseite. Wenn du blinzelst, wenn du dich schlaftrunken aufrichtest, Carla. Siehst du dann zu deiner Seite ebenmäßige Züge, eine klare, angepasste Stirn? Oder Kanten, Carla? Kannst du Furchen erahnen, Wangenschneisen, dichte, buschige Augenbrauen? Wenn du dich über den Liegenden beugst, dein Schatten bis an seinen Haaransatz klettert, schlägt dir der fade Atem einer verlorenen Ehe entgegen? Oder kalter Tabak, Carla, Altmännerschweiß? Ich stelle mir vor: Ich verliere mich. Deine blassen Hände auf einer aschfahlen, kalten Brust.

– Tu mir den Gefallen, Felix, finde dich damit ab.
Deine Stimme. Diese Stille. Es ist Zeit. Du bist keine Hilfe.
Ich atme ein.
Ich atme aus.

Mein vierter Lehrer war mein Vater. Er saß auf meinem Bett und sagte, ich taugte nicht für die Medizin. Mir fehle die Intelligenz und das Interesse daran, es bleibe nur noch Musik. Ich sah auf ihn herab, ich war ihm über den Kopf gewachsen, ich log, dass ich sehr zufrieden bei meinem dritten Lehrer sei. Vater lächelte dünn. In wenigen Jahren stünden die Aufnahmeprüfungen an. Bis dahin gebe es viel zu tun, und weil ich mit meinen Lehrern nur Pech gehabt hätte, helfe er mir.

Vater, der weint. Sein Gesicht kann ich nicht sehen. Er hält es mit fleckigen Händen bedeckt und hat die knorrigen Finger in die Geheimratsecken gekrallt. Das Haar vergletschert seine krumme Gestalt, fließt weiß über den zuckenden Rücken und läuft zwischen den Fasern des Teppichs aus. Er schluchzt stumm. Nur sein Bart knistert wie ein gefrorener Nadelwald.
Drei Jahre zuvor springt er vom Bett auf und seine Locken wippen dabei. Gleich jetzt haben wir zu beginnen, sofort habe ich vorzuspielen, und meine Beschwerden, meine Proteste bleiben ungehört. Also nehme ich die Geige, spiele Tonleiter, Terzen, Oktaven, Vater reckt das Kinn. Das ist markant und glatt rasiert, die Töne prallen daran ab, noch einmal, fordert er mit Nachdruck, gleich noch einmal von vorn. Wieder setze ich an, wieder Tonleiter, Oktaven, Terzen, Vater schüttelt den Kopf. Der ist groß, ist prall vor Kraft, wächst, kommt näher und schnaubt und zischt, sodass ich rückwärts taumle. Vater greift nach mir. Packt mich, reißt mich mit sich, zieht mich aus dem Zimmer. Die Treppe hinunter, ich stolpere fast, mit Mühe halte ich die Geige, Vater stampft, Vater zerrt und stellt mich in den Flur. Will wissen, was ich sehe.

Mich. Mit sechs, mit neun, mit zwölf. Mich mit verschiedenen Geigen. Die Instrumente halte ich in die Kamera, wie auch mein Kinderlächeln. Diese Bilder hat er für die Versicherung geschossen, trotzdem sehe ich selig aus, in den Händen erst eine Achtel-, eine Viertel-, eine halbe, und später, mit vierzehn Jahren, endlich eine ganze Geige. Die halte ich auch jetzt, aber jetzt lächle ich nicht, jetzt komme ich kaum zum Luftholen, denn Vater donnert an die Wand, dass Putz von den frischen Nägeln rieselt: Was hat er nicht alles getan? Was hat er nicht geopfert, an Geld, an Zeit, an Nerven und Mühen, damit ich Geige lerne? Wie ich es wollte, klagt Vater, wie ich es mir immer gewünscht habe, zetert er und spießt mit seinem Zeigefinger jedes Foto auf. Er muss sie lange gesucht haben. Sie lagerten, das weiß ich genau, in einem zerfledderten Schuhkarton, ganz unten, ganz hinten im Schrank. Er muss Holzrahmen gekauft, er muss heimlich gehämmert haben, Geld, Zeit, Nerven und Mühen, wofür? Das frage ich nicht. Dazu komme ich nicht, schon zerrt er mich weiter, postiert mich im Wohnzimmer und schimpft, wie das aussehe, wie ich dastehe, so könne es nichts werden. Einen Fuß nach vorn, den anderen angewinkelt nach rechts. Den Rücken gerade, die Brust raus, die Arme locker, und dass mir niemand beigebracht habe, eine saubere Tonleiter zu spielen! Endlich sage ich: Du nicht. Von dir habe ich nichts gelernt. Von Vater habe ich nie etwas lernen können, er spielt wie ein Büffel, die kurzen Beine mit kurzem Abstand kampflustig in den Boden gerammt. Die Schultern hochgezogen, verkrampft, die Handgelenke starr. Niemand, rufe ich, könne spielen wie er, nur

Oistrach habe so spielen können, ich fluche und reiße mich los.
Ich mit vier. In diesem Jahr bekomme ich meine erste Geige. Vater bastelt sie mir aus einem Block Styropor, den er mit gelbem Filz umwickelt. Daran befestigt er ein Lineal als Steg und ritzt mit dem Messer vier Saiten ein. Der Bogen ist eine Stange Holz, an deren Ende ein Klotz klebt, fertig, sagt Vater, bitteschön. Sie ist hübsch, nicht wahr? Wir üben gemeinsam. Er stellt sich vor mich und ich ahme seine Bewegungen nach. Er schmunzelt, wenn ich mit dem Bogenarm besonders schwungvoll aushole. Schachtelgeige, sagt er, und wir machen ein Foto von mir, für die Versicherung, sagt Vater und lacht. Ich lache auch, als er mir mit Kugelschreiber Gesichter auf die Finger malt. Es kitzelt, doch Vater ermahnt mich, ernst zu bleiben, sonst sind die Männchen beleidigt. Er tippt mir an die Fingerspitzen und gemeinsam taufen wir sie, Männchen eins, Männchen zwei, Männchen drei und kleines Männchen vier, beim Aufsetzen immer schön rund machen! Sonst nennt er sie Zigarettenmännchen, und wenn Vater nach dem Üben selbst eine Zigarette raucht, raune ich meinen Fingern zu, nur keine Angst zu haben. Ich mit fünf. Ich möchte eine neue Geige, eine, die auch klingt. Vater findet es beachtlich, dass ich so schnell herausgefunden habe, wie schlecht er im Geigenbauen ist. Beachtlich!, sagt er, als ich mit sieben nach einem richtigen Lehrer verlange, Beachtlich!, als ich die ersten Etüden spiele. Mit acht spiele ich mein erstes, kleines Konzert, Beachtlich!, sagt Vater, und zum ersten Mal klingt er enttäuscht dabei.
Nach dem Üben markiert er mit Bleistift meine Größe am Rahmen der Küchentür. Er hält meinen Kopf und

lässt nicht los, als der Strich gemacht ist, hält ihn weiter mit beiden Händen gegen das Holz gedrückt. Er beugt sich über mich und sagt: Bald bist du kein Kind mehr. Ich mit zehn. Vater hat viel zu tun. Er muss in die Praxis, viele Menschen sind krank, und ich nicke, ich verstehe, ich will nicht, dass er sich wieder aufregen muss. Das muss er ohnehin oft, über Patienten, das Krankenkassensystem, Autos, Steuern, Schiedsrichter, den Zustand des Staates, den dritten Satz, über die Frauen, mich. Er packt seine Geige aus und ein. Ich sehe ihm zu. Ich mit elf. Ich übe viel, ich übe gut. Vater ist nicht da, und ist er da, hat er Damenbesuch oder möchte seine Ruhe. Mit dreizehn male ich selbst einen Strich an den Rahmen der Küchentür. Ich male ihn knapp über meinen Kopf und warte, bis Vater ihn sieht. Er stutzt, dann muss er lachen und sagt: Deine Mutter war groß und schlank und ging grazil und besaß eine Vorliebe für dünne, lilafarbene Sommerkleider. Ich nicke, er lacht weiter und sagt: Ihr bestes hängt noch im Schrank.

Ich mit sechzehn. Ich übe viel, ich übe gut. Eine saubere Tonleiter, Tage in G-Dur. Ich mache die Fingermännchen rund, ich stehe gerade, Brust raus, Arme locker, immer einen Fuß nach vorn, den anderen angewinkelt nach rechts. Im Spiegel kann ich täglich meine Ohren wachsen sehen. Treffe ich den Ton, zuckt der Bogen, zuckt er nicht, stehe ich gekrümmt, stehe ich gerade, fiept die Saite, fiept sie nicht, ist der Ton falsch. Meine Muskeln und Sehnen flattern gereizt, doch ich gebe nicht auf. Eines Morgens steht Vater in der Früh an meinem Bett. Rüttelt mich wach, setzt unseren Unterricht an: Gleich jetzt haben wir zu beginnen, keine Widerrede, keine Diskussion. So lange rüttelt er, bis ich aus den Kissen krieche, zum Kasten wanke, auspacke, stimme, schimpfe. Ich schimpfe: G-Dur, ich fange an, doch natürlich klingt es nicht. Vater grummelt, Vater höhnt, ich lasse ab und atme durch. Gleich noch einmal von vorn. Da kann er das Kinn recken, da kann er die Locken schütteln wie er will, da kann er schnauben und zischen, und das sage ich ihm. Streiche das G an, bis es wach ist, dann A, dann H, dann C. Das D, das E, das Fis, das G, das A, bis alles gelingt. G-Dur makellos. Mein T-Shirt hängt mir am Leib, getränkt vom Schweiß der Nacht und frischem. Die leichtesten Dinge sind oft die schwersten, sagt Vater, und ich sage, das kann er sich sparen. Ich packe die Geige ein. Vater sieht mir zu, als sei er selbst erst aufgewacht. Er blinzelt, er strahlt. Beachtlich!

Ich mit siebzehn. Ich ziehe um. In den Keller ziehe ich und richte mir dort ein Zimmer ein, fege, sauge, schrubbe es frei, streiche die Wände neu. Ich schraube Glühbirnen in staubige Fassungen ein und entwässere die Heizung. Am staunenden Vater trage ich meine Möbel vorbei, schleppe Stühle, Schreibtischteile, trage Kisten, Kartons. Ich sage: Die Tür hat einen Schlüssel. Den werde ich benutzen. Du, sage ich, wirst mich nicht mehr wecken, du wirst mich nicht mehr beim Üben hören, höchstens dumpf durch das Fundament, das wird ab jetzt alles sein. Vater schmunzelt, der Boiler seufzt, es hallt, ich trage Schubladen, Regale, Bücher, den Geigenkoffer hinunter. Ich schließe zum ersten Mal ab. Es ist kalt. Kaum Licht kommt herein. Ich übe viel, ich übe gut. Ich horte Notenhefte.

Woche für Woche hole ich neue aus unserer Sammlung nach unten. Nur Tonleitern spiele ich nicht mehr, dafür Etüden, Sonaten, Konzerte, Stimmen aus Symphonien, Suiten, Quartetten, Messen, Oratorien und Opern. Ich improvisiere entlang der Abflussrohre, die quer durch mein Zimmer führen, über ihr verächtliches Rauschen lege ich Sirenengesang. Darunter brummt die Tiefkühltruhe, in den Pausen gluckst der Öltank. Spinnen gibt es, die Netze weben, ihre Fäden glitzern, wenn man sie fein bespielt. Lasse ich die Geige sinken, summt der Raum noch lange nach, lasse ich mich aufs Bett fallen, fühle ich mich frei.

Unsere Stunden verlaufen nach einem Muster. Vater flucht, weil ich stets zu spät bin. Zu spät mein Einsatz, zu spät mein Vibrato, zu spät mein Bogenwechsel, flucht er, alles träge, alles verwaschen und schwammig und erschreckend blass. So spielt kein Hasenmeister! Er brüllt, er schlägt den Takt auf den Boden, an die Wand, auf meine Brust. Ich nicke nur. Spiele wieder von vorn. Woher ich das habe, will er wissen, dieses Gesäusel, diese wässrigen Töne, als hätte ich statt des Bogens einen Lappen in der Hand.

Meinen Erfolg bemesse ich an den Kerben in meinen Fingern, mein Können wächst mit dem blühenden Fleck an meinem Hals. Ich spiele nie, was er mir aufträgt. Ich mache ihn nervös. Durch die Kellerdecke höre ich, wie er meine Stücke spielt, wie früher, nur, dass er nun mich nachzuahmen versucht. Dass wir nicht gegenüberstehen, sondern auf Stockwerke verteilt. Er kämpft. Misslingt ihm eine Stelle, spielt er sie noch einmal und lauter, und noch einmal, und noch einmal lauter, bis er sie irgendwann kann. Bis der Ton greift, das

Haus erfasst, die Mauern durchdringt, klar und entschieden und meistens auffallend grob. Meistens hölzern und nie elegant, in jeder Stunde sehe ich, dass auch seine Ohren wachsen, doch deshalb hört er nicht mehr. Auch seine Nase wächst. Daraus sprießen Borsten. Es sprießt sein Bart, überwuchert den Hals und vermengt sich mit dem weißen Flaum, der aus dem Hemdkragen quillt. Ich komme zu spät zum Unterricht, und Vater wirkt geduckt.
Er flucht nicht. Schimpft nicht. Lässt mich spielen. Sieht mit müden Augen zu, wie ich Schwierigkeiten bezwinge, und schüttelt schließlich den Kopf. Seine schulterlangen Zotteln taumeln betroffen gegen die Wangen, er hebt die Hand, bittet mich aufzuhören, pfeifend holt er Luft. Alles sehr schön. Sehr geschickt, sehr souverän. Jetzt gelte es, sich auf ausgewählte Werke zu verlegen. Nicht mehr Gott und die Welt zu spielen, sondern ein Repertoire aufzubauen, Stücke für die Aufnahmeprüfung, ich müsse mich konzentrieren. Vater lächelt. Ich reibe mir die Augen. Der Keller hat mein Lichtempfinden gestört. Alles ist grell, nichts ist scharf, ich sehe seinen Schatten notieren: jene Etüde, jene Sonate, am besten jenes Konzert.

Ich mit siebzehn, einem Monat und zwölf Tagen. Ich erwache spät. Vater ist längst aus dem Haus. Gegen die Fenster trippelt Nieselregen. Ich frühstücke eilig, sehe nach draußen, sehe Wolken aufquellen. Das Radio gibt knisternde Unwetterwarnungen aus. Kälte kriecht durch die Mauern, das Licht verschwindet wie abgesaugt. Ich schlucke Vollkornbrot, rufe die Schule an und melde mich heftig erkrankt.

Als ich im Wohnzimmer Töne anstreiche, grollt ein Donnerschlag. Es blitzt. Ich schließe die Augen. Das Instrument klingt düster und rau. Sein Ton macht die Luft zäher. Nur langsam finde ich die Stimmung. Meine Gelenke tauen auf, schließlich auch mein Ton. Ich spiele und spiele und breche ab, als neben mir ein Laut ertönt, so schroff, wie ihn kein Gewitter zustande brächte. Meine erste Lehrerin lacht.
Ihr Blick funkelt grün und blau zugleich. Es tropft von ihren Ärmeln, doch der Großteil des Kostüms scheint vom Regen verschont. Die Wohnzimmertür steht offen, doch die Haustür, ich bin mir sicher, hat Vater abgeschlossen, als er ging. Das tut er jeden Tag.
Meine Lehrerin wirkt erholt. Sie trägt große Ohrringe und durchdringend süßes Parfum. Ihre Kleider glänzen und ihre Züge verhärten sich, als ich die Geige sinken lasse. Sie drückt mir das Instrument ans Kinn. Ich will widersprechen, doch sie hält mir den Mund zu und führt meine Hand an die Saiten zurück. Ich habe zu spielen. Einen zitternden Aufstrich, den sie mit unwirschem Raunen vergilt. Sie zuckt. Ich beiße mir auf die Zunge. Der Regen peitscht das Haus.
Meine Lehrerin umkreist mich und streicht mir zur Belohnung für gelungene Töne den Rücken entlang. Ich schwitze trotz der Kälte. Sie knurrt, wenn mein Vibrato zittert. Biegt mir die Finger und dreht den Arm ein, bis es im Handgelenk knackt. Das Stück gerät ins Schlingern. Sie stützt es an meinem Bauch und tippt den Rhythmus gegen die Schläfe. Den russischen Silbenstrom höre ich nun, er unterläuft die Melodie, wogt und gipfelt in hellen Spitzen, während sie meine Schultern formt. Die Fußknöchel drückt sie

mir zusammen, ich keuche. Plötzlich lässt sie mich los. Meine erste Lehrerin hält meine Geige in den Händen und schnappt abschätzig nach mir. Sie beginnt zu spielen. Ein Ton wie eine Schranke im Raum. Erneut holt sie aus, setzt heftiger an, der Klang fährt mir in die Magengrube. Kaum bemerke ich, dass es nun hagelt, kaum sehe ich die schwarze Front, die sich über unserem Garten ballt. Meine Lehrerin knirscht mit den Zähnen. Der Bogen fährt die Saiten wie auf Schienen entlang. Ein Donner paukt, dass das Parkett vibriert, und die Geige antwortet schrill. Meine erste Lehrerin umschlingt das Instrument. Sie schraubt sich hoch und höher, wird schneller, ihre Finger tänzeln wie Spinnenbeine. Ein weiterer Blitz, und der Lack der Geige verschwimmt unter der Hitze. Ich halte mir die Ohren zu, was nicht im Ansatz hilft. Mit der Stirn schlage ich auf den Boden. Meine erste Lehrerin windet sich. Ihr Ton schrillt und keift und krächzt, ich halte ihre Hüften, sehe die Geige zwischen den Sofakissen. Im Zwielicht kriecht eine Schlange an ihrem dünnen Hals hinauf. Sie zischelt, dann wird es dunkel.
Vater kommt am frühen Abend zurück. Sein Schlüssel knackt im Schloss. Die Schritte schmatzen in der Diele. Er stellt seinen Koffer ab. Ich höre ihn in die Küche gehen. Meist isst er zunächst eine Kleinigkeit. Auf Zehenspitzen schleiche ich durch das Zimmer und lese Kleidungsstücke auf. Ich lege Kissen an ihren Platz zurück und streiche sie hastig glatt. Draußen herrscht trübes Licht. Vom Rand des Balkons fallen Tropfen und zerplatzen träge im Gras. Gerade noch kann ich mein Hemd zuknöpfen, gerade noch straffe ich den Stoff, als Vaters Schritte sich nähern. Ich fahre herum.

Das Fenster steht offen. Meine erste Lehrerin kauert davor. Ihre Augen sind grün wie der Rasen, ich will etwas sagen, da ist sie fort und die Türklinke quietscht. Vater steht vor mir, sieht mich an, sieht auf das Fenster und wieder zu mir. Ich blicke zurück, ich senke die Augen. Ich gehe schweigend hinaus.

Im Keller ist es warm geworden. Ich übe wenig, ich übe nicht gut. Jeden Tag verkürzen sich die Einheiten um Minuten. Ich fange an: mit Kaffee und Wein und Fußball und Grillfesten, mit Heimkommen, wenn Morgentau die Grashalme biegt. Mit Mädchen, die ich mitbringe. Sie werden von Vater an unserem massiven Tisch ausnehmend freundlich begrüßt. Er erzählt ihnen seine Geschichte, die Mädchen halten ihn für charmant, und sind sie gegangen, spielt er nun lauter als je zuvor. Sein Klang verfolgt mich noch weit über die Grenzen unseres Grundstücks hinaus, doch ich pfeife dagegen an.

Unsere Stunden lasse ich ausfallen. Vater sagt nichts dazu. Abgesehen von Frühstücken zu dritt spricht er nicht mehr mit mir. Während ich und ein Mädchen den Tisch abräumen, beginnt er bereits zu üben. Ich fange an: mit Boule, mit Lagerfeuern, mit langem In-den-Himmel-Starren, mit dem Kiffen auf Spielplätzen, dem Biertrinken an Teichufern, sogar dem Werfen von Frisbees.

Im Herbst übe ich wieder. Wind gelangt in den Keller und blättert mir die Seiten um. Wache ich auf, greife ich nach der Geige, die neben mir auf der Matratze liegt. Ich spiele Tage hindurch, ich habe viel nachzuholen. Noch die schwersten Werke gehen mir mühelos

von der Hand, die kompliziertesten Figuren kommen mir einfach vor, und Vater steigt die Treppe hinunter, er steht im Zimmer, er sieht sich um und ordnet Unterricht an.
Ich spiele ihm vor, alles, was ich gelernt habe. Er hört und nickt, lässt mich nach Noten kramen, sieht zu, wie ich Stück um Stück aufschlage, folgt mir durch die Epochen, folgt mir von Stil zu Stil. Meine Reserven sind unerschöpflich. Ich warte selbst gespannt darauf, wann ich ein Ende finde. Ich warte auf Grenzen, doch es sind keine in Sicht, alles klingt, alles gelingt und vertieft sich wie von selbst.
Bis er aufspringt.
Mir die Geige abnimmt.
Bis er mich zu Boden stößt.
Er sagt: Die Tür hat einen Schlüssel.
Den wird er benutzen.
Er geht.

Jeden Morgen steht nun ein Teller mit Broten auf dem Boden. Dazu Gläser mit Wasser. Nie bin ich wach, wenn er die Lebensmittel bringt. Als ich zwei Tage nicht schlafe, bleibt die Lieferung aus.
Das Handy hat im Keller kein Netz. Ich rufe vergeblich. Unser Haus ist still.
Ich finde Gerümpel. Ein alter Plattenspieler. Längst vergessenes Holzspielzeug. Bücher, in denen ich lange lese, ohne ein Wort zu begreifen. Ein Werkzeugkoffer, mit rostigen Schrauben gefüllt. Einzelteile einer Kommode, Socken, ein zerstörtes Bild, gerissenes Stillleben, Öl auf Leinwand, siebzehn tote Fliegen.
Stelle ich mich auf den Stuhl, kann ich durch das

schmale Fenster in einen Lüftungsschacht sehen. Sein Ausgang ist vergittert, aber zwischen den Ritzen lassen sich Stücke des Himmels erkennen. Meist ist er so blau, als klebte dort eine lieblose Tapete.
Der Raum misst elf Schritte in der Länge, in der Breite sind es fünf. Auf Zehenspitzen erreiche ich mit den Fingerkuppen die Decke. So gestreckt kann ich bis fünfhundertzwanzig zählen, ehe der Schmerz überwiegt.
In meinen Träumen beginnt es zu schneien. Dichte weiße Flocken füllen lautlos Täler auf, bedecken das Land und erstrecken sich in ebenen Feldern bis ans Meer. Das Muster der Schneekristalle bleibt auf meiner Netzhaut zurück. Auch den Tag über will es nicht schmelzen.

Irgendwann keine Brote, keine Gläser mit Wasser mehr. Ich durchsuche das Zimmer. Nirgendwo Nahrung. Erst, als ich dreimal im Kreis gelaufen bin, bemerke ich die offene Tür.

Der Flur lichtdurchflutet. Ich rufe. Ich weiß, dass er nicht hier ist, doch ich kann nicht genug bekommen vom Klang meiner Stimme im Haus. Die Geige liegt auf der Kommode, glänzender denn je.
Ich verlasse das Haus. Auf der Straße verfalle ich in Trab. Ich erledige Anrufe. Kein Grund zur Sorge.
Ich biege um Ecken und laufe schneller. Überspringe Zäune, durchquere die Schrebergartensiedlung. In einem Gemüsebeet hinterlasse ich meine Schuhe. Die Strümpfe spieße ich einer Harke auf den schiefen Zahn. Ich renne über Wurzelknoten, den Fluss entlang. An der Böschung rutsche ich aus und auf der morschen Brücke ziehe ich mir einen Splitter in die Sohle.

Als mir die Luft ausgeht, bin ich an einer Biegung, an der ich noch nie zuvor war. Ich kauere mich zwischen moosige Stümpfe und werfe Steine ins Wasser. Als ich keine Steine mehr finde, werfe ich mit Holz.

Vater kommt erst Tage später wieder nach Hause zurück. Seine Haut ist fahl, als hätte er lange kein Sonnenlicht mehr gesehen. Er spricht nicht und meidet meinen Blick. Im Rahmen der Küchentür finde ich das Datum unserer nächsten Stunde. Die schiefen Zahlen stehen ein Stück über meinem letzten Größenmaß. Der Strich, mit dem er die Uhrzeit verdeutlicht hat, sieht aus wie ein neuer Höchststand. Er ist tief in die Lackierung geprägt. Ich werde pünktlich sein.

Ich mit achtzehn. Vater ist alt geworden. Das verbliebene Kopfhaar wird länger und dünner, der Bart bauscht sich an ihm hinab. Borsten aus seiner Nase, Borsten nun auch aus den Ohren und vereinzelt aus einem Leberfleck über dem Wangenknochen. Will er mein Spiel unterbrechen, hebt er schwerfällig den Arm, und auf dem Rücken seiner Hand wellt sich farbloser Flaum.
Ich übe im ganzen Haus. Anfangs sind meine Gelenke noch klamm von der Zeit ohne Geige. Auch die Geige selbst gibt sich reserviert, doch wir werden uns rasch wieder einig. Ich spiele nun den ganzen Tag, in der Küche und auf dem Dachboden, im Bad, auch in der Besenkammer. Nur Vaters Zimmer betrete ich nicht, denn dort sitzt Vater und lauscht.
Für unsere Stunden werde ich hereingerufen. Das Zimmer ist karg möbliert. Es riecht nach Staub und altem

Teppich, er bewegt sich ungelenk darin. Vater keift, Vater giftet und krittelt. Sein Speichel fängt sich im Bart. Mein Spiel ist ihm viel zu verträumt, der Zugriff zu unentschlossen. Ich warte, bis er fertig ist, ich beginne das nächste Stück.
Ich fange an: mit der Auswahl von Stücken. Den Anmeldeformularen. Mit ersten Besuchen des Konservatoriums. Ich zweifle an mir, denn ich habe noch nie ein Konzert gegeben, ich ermutige mich, denn gerade deshalb werde ich frisch und erstaunlich wirken. Bis tief in die Nacht stelle ich mir mein Erscheinen vor der Kommission vor, probe auch die Ansage der Werke und stimme meine Satzmelodie auf ihre Stimmung ab.
Nachts steht Vater in meiner Zimmertür. Das Licht des Flurs umreißt ihn. Sein Schatten streckt sich bis an den Fuß des Bettes. Er sagt, es sei hoffnungslos. Mir fehle der Wille zur Gestaltung, die musikalische Vision. Seine Stimme ist rau, nie kommt er näher, erklärt in ruhigem, geduldigem Ton, mir fehle auch dieses Talent. Ich rühre mich nicht. Vater hält sich inzwischen auf einen Stock gestützt. Er sagt, ich hätte mir jahrelang etwas eingebildet. Hoffnungslos, sagt Vater. Beachtlich, sagt er und geht.

Vater, der weint. Sein Gesicht kann ich nicht sehen. Er hält es mit fleckigen Händen bedeckt und hat die knorrigen Finger tief in die Geheimratsecken gekrallt. Das Haar vergletschert seine krumme Gestalt, fließt weiß über den zuckenden Rücken und läuft zwischen den Fasern des Teppichs aus. Er schluchzt stumm. Nur sein Bart knistert wie ein gefrorener Nadelwald.

Ich mit achtzehn, vier Monaten und drei Tagen. Ich habe die Geige noch erhoben, ich habe keinen Ton gespielt. Lasse sie sinken. Ich habe mich vorbereitet.
Die Koffer sind gepackt, das Geld ist gespart. Die Formalitäten werden sich finden. Ich packe das Instrument ein. Als ich die Geige geschultert habe, kauert er immer noch still. Ich warte darauf, dass er aufsieht. Ich sage, ich werde jetzt gehen.
Dieser mein Vater bewegt sich nicht.
Ich schließe die Tür.
Leise.

05:42, Carla
ich bin wach felix. es ist noch früh. gerade hell genug um dein gesicht zu erkennen. ich sehe es vor mir felix ich bin aufgewacht weil ich unsagbar wütend bin

05:42, Carla
was bildest du dir ein. hier wird nicht so nebenbei verschwunden.
da könnte ja jeder kommen felix könnte kommen und drauflosverschwinden. aber verschwinden tut

05:42, Carla
man zum gefundenwerden weshalb verschwundenbleiben albern ist. heute ist schluss mit dem unsinn felix. heute finde ich dich. gruß c

– Fruchtwasserembolie, Felix.
Als Carla sprach, tat sie es klar und unmissverständlich. Was auch nötig war, weil sie vor dem Aquarium stand. Das Aquarium stand in der Mitte der Halle, es war riesig, ein gläserner Turm, der bis zur Decke reichte, und in seiner Mitte stand eine Säule aus Korallen. Aus den Korallen stieben Luftbläschen, angetrieben von einem Motor, der ohrenbetäubend brummte, weshalb eine normale Unterhaltung in seiner Nähe völlig unmöglich war. Trotzdem war Carla genau davor stehen geblieben, sodass die Fische nun in ihrem Rücken schwammen und über ihrem Kopf, und ich war plötzlich sicher, dass sie absichtlich dort stand, um einen Vorwand für ihre erhobene Stimme zu haben. Was Carla zu sagen hatte, sollte laut sein, es sollte mir wichtig erscheinen.
– Selten. Tragisch. Aber das kann passieren.
Das Aquarium war das Prunkstück der Filiale. Die Bank legte in der Gestaltung des Innenraums Wert auf ein unverwechselbares Ambiente. So hatte es der Direktor formuliert, bevor er mit großer Geste das Band, das vor seinem Rednerpult gespannt worden war, zerschnitt. Die losen Enden flatterten unter höflichem Applaus auseinander und wanden sich um metallene Pfosten, die bald die Schlangen vor den Kundenschaltern eingrenzen würden.
– Du hast Glück gehabt, Felix.
Die Fische zeigten sich von der Eröffnungsfeier unbeeindruckt. Graue, längliche Exemplare schmatzten die Scheibe entlang, mit einem Saugnapf an die durchsichtige Grenze ihrer Welt geheftet. Hinter ihnen schillerten majestätische Karpfen vorbei, schwangen forellenähnliche Tiere in träger Erhabenheit die Schwanzflossen

und folgten, jedes für sich, einer schicksalhaften Kreisbahn. Kleine, funkelnde Schwärme zuckten umher und schossen beim geringsten Anzeichen von Gefahr zurück in eines ihrer tausend Verstecke.

– Felix?

Ich riss mich von dem Anblick los. Ich hatte geahnt, dass Carla irgendwann auf meine Mutter zu sprechen käme. Es gab nicht mehr viele Geheimnisse zwischen uns, nach Mathieu, nach Apsis III und dem Morgengrauen, in das wir danach getaumelt waren, in den flockig gestreuten Wolken hatte ich die Umrisse einzelner Organe erkannt. Es gab keine Grenzen mehr, inzwischen sprach Carla sogar offen über ihre Ehe, über das Schweigen und die Schriftwechsel auf Küchenzetteln, ich wusste auch, dass sie nicht zur zweiten Hälfte meines Programms bleiben konnte, sie hatte noch einen Termin. Irgendeine Beschwerde wegen des Wintergartens, den sie und ihr Mann zu glücklicheren Zeiten hatten errichten lassen, irgendein Problem mit der Überschreitung von Bebauungsgrenzen, ein Nachbar hatte Jahre später Anzeige erstattet, ein Anwalt war eingeschaltet worden, und weil sie sich in ihren Küchenzettelgesprächen nicht einig geworden waren, gingen Carla und ihr Mann nun gemeinsam dorthin.

– Du musst nichts dazu sagen, wenn du nicht willst!

Als Carla sprach, tat sie es so klar und unmissverständlich, dass man uns ansah. Man wandte den Kopf, man spähte in die brummende Sphäre des Aquariums hinein, ich sah Schalterbeamte und Vorstandsmitglieder, sah Anwohner und atemberaubend hübsche Kellnerinnen tuscheln, und Carlas Absichten waren mir so klar wie gleichgültig. Ich zog sie mit mir hinaus.

Das Brummen des Motors des Aquariums hatte im Vorfeld zu Problemen geführt. Ich hatte diskutieren müssen mit dem Hausverwalter der Bank, einem gedrungenen Mann, der die Angewohnheit besaß, sich vor jeder Antwort am Kinn zu kratzen, was mich bereits nach wenigen Sätzen dünnhäutig werden ließ. Noch dazu, weil seine Antworten meist uneinsichtig schnarrten. Er schlug mir vor, in größerer Entfernung von den Fischen zu spielen, bot an, dass man mir ein separates Podest bereitstelle, und als ich immer noch darauf bestand, bei diesem ohrenbetäubenden Brummen sei das Konzert undenkbar, kratzte er sich besonders heftig und besonders lang. Ich fügte hinzu, dass der Motor in G brumme, dass ich verständlicherweise nicht fähig sei, ein ganzes Programm in G zu spielen, ich übersah sein Kinn und beschwor seinen Scheitel, dass ich durchaus fähig sei, derlei einzuschätzen, und er kratzte sich weiter, aber immerhin griff er dabei mit der freien Hand zum Telefon. Längst trudelten Würdenträger ein, längst wurden Mikrofone getestet und Bankdirektorenreden bereitgelegt, meine Anspielprobe war gänzlich hinfällig, als sich nach langwierigen Gesprächen mit Fachkräften herausstellte, dass der Aquariumsmotor für exakt zwanzig Minuten ausgestellt sein könne. Das, sagte der Hausverwalter, sei der einzige Kompromiss, den er eingehen könnte, er sagte es und meinte, das sei zu viel verlangt. Ich seufzte, ich kürzte mein Programm, ich wollte nicht für den Tod eines Fisches verantwortlich sein, der nämlich, das betonte der Hausverwalter, trete sonst mit untragbar hoher Wahrscheinlichkeit ein. Ich war im Voraus bezahlt worden und versprach, mich zu beeilen.

Carla legte einen schwachen, aber spürbaren Widerstand in ihren Gang. Ich zog sie durch die Halle, zog sie durch die gläserne Schiebetür, und als wir draußen standen, auf stechend neuem Granit, als wir blinzeln mussten, setzte ich mich kurzerhand mit meinem Anzug auf die Treppenstufen und erklärte, dass mir nicht klar sei, wie die Kunden das Brummen aushalten sollten, wie die Bankangestellten nicht wahnsinnig werden sollten bei diesem dauerhaften Lärm.
– Man gewöhnt sich leichter an etwas, das da ist, Felix, als an etwas, das fehlt.
Carla setzte sich zögernd neben mich. Ihre Stimme hatte nicht mehr dasselbe Volumen, denselben unausweichlichen Klang wie im Inneren des Gebäudes. Sie wartete darauf, dass ich ihr den Gefallen tat, zu fragen, wie sie das meine, aber ich fragte nicht.
Carla selbst hatte nie gefragt, wo meine Mutter sei. Das hatten die Mädchen getan, die ich früher mit nach Hause gebracht hatte, sie hatten unter der Stuckdecke gestanden und ich hatte geantwortet: Weg. Oder: Fort, oder: Nicht da. Was meistens genügte. Vor einer ausführlichen Antwort schreckte ich nicht deshalb zurück, weil sie mir unangenehm gewesen wäre. Vielmehr fürchtete ich, durch das Ausbleiben meines Unwohlseins mein Gegenüber zu verschrecken. Meine Mutter war bei der Geburt gestorben, unter Umständen, die, soweit ich das sagen konnte, fatal gewesen waren. Trotz der Vielzahl vorhandener Ärzte hatte niemand die richtige Diagnose gestellt, niemand hatte etwas ahnen, gar verhindern können. Mehr wusste ich nicht. Vater sprach nicht darüber, andere Quellen gab es nicht, ich hätte mir vieles ausmalen können, ich hatte nie das

Bedürfnis verspürt. Meiner Erfahrung nach wirkte das auf andere irritierend. Ich verstand das, aber konnte es nicht ändern, ich hatte meine Mutter nicht gekannt, nie ihre Haut gerochen, ihre Stimme gehört, ich hatte Bilder gesehen von einer wunderschönen, rothaarigen, lachenden, fremden Frau.

– Fruchtwasserembolie, Felix.

Carla lehnte sich zurück und blickte in den Himmel. Zwei Anzugträger umkurvten uns, ins Gespräch über Anlageformen vertieft. Carla sagte, dass aus der Krankenhausakte nicht viel zu ersehen sei. Erwähnt würden die ungewöhnlichen Umstände der Einlieferung, erwähnt würden Komplikationen, eine zu spät erkannte Uterusruptur, erwähnt würde, dass das Kind, was als Glücksfall gelten müsse, gesund zur Welt gekommen sei. Keine erkennbaren Hirnschäden, wohingegen die Mutter ihrer Vergiftung rasch erlegen sei, erwähnt würde zudem, dass der Vater nicht vor Ort gewesen sei. Er müsse später eingetroffen sein, müsse mich abgeholt haben.

Ich hatte geahnt, dass Carla irgendwann auf meine Mutter zu sprechen käme, ich hatte geahnt, dass sie es nicht täte, ohne informiert zu sein. Carla fragte nicht, sie stellte Nachforschungen an, Carla war ein ehrgeiziger, eigensinniger Detektiv. Sie schnüffelte herum, sie wirbelte Staub auf und konfrontierte Verdächtige mit ihren Thesen, sie wollte Geständnisse erzwingen. Ich lachte. Carla sah mich an, das pralle Blau des Horizonts in den Augen, sie wartete, als wollte sie mir eine Gelegenheit geben, sie sagte, sie müsse dann los.

– Ich habe noch einen Termin, Felix.

Vorsichtig stand sie auf, klopfte sich bedächtig den fehlenden Staub von ihrem Kostüm. Sie wollte aufgehalten werden, ich konnte nicht dienen, sah ihren Schattenriss, der sich aus dem leuchtenden Himmel schälte, ich dachte, dass ich bald wieder spielen müsste, dass sie mich zum ersten Mal spielen gehört hatte, seit wir so etwas waren wie ein Paar.

In der ersten Hälfte hatte ich eine Solopartita gespielt. Ich hatte die Tempi unzumutbar rasch genommen, um keinesfalls länger als die vorgeschriebenen zwanzig Minuten zu brauchen, ich hatte mich geärgert, hatte eigentlich mein Prüfungsprogramm spielen wollen, die Abschlussprüfung schließlich lag nicht mehr allzu weit entfernt. Ich hatte von Schleesdorf mitbringen wollen, ich hätte sogar für Transport und Installation eines E-Pianos Sorge getragen, aber die Ausschreibung hatte einen Solomusiker angefordert; nichts anderes, beschied man mir, werde gewünscht. Ich hatte Adagio und Fuge gespielt, hatte in die Gesichter der Auszubildenden und leitenden Angestellten gesehen, in die von Börsenexperten und Catering-Team und auf die dümpelnden Fische. Die waren nur noch schemenhaft zu erkennen gewesen, da der Motor des Aquariums offensichtlich an dessen Beleuchtung gekoppelt war, die gläserne Säule hatte dunkel aufgeragt, ich hatte Largo gespielt und Presto und nichts davon in G. Ich hatte nach Carla Ausschau gehalten, sie aber während des Konzertes nicht entdeckt.

Den atemberaubend hübschen Kellnerinnen war bereits zur Hälfte der Veranstaltung der Orangensaft ausgegangen, weshalb sie Wasser aus der Leitung in Sektflöten füllten. Ich trank davon, ich war zu früh. Die

Pause verlängerte sich wie jede Pause. Ich lief umher, zwischen gepunkteten Fliegen und Business-Jacketts, ich griff nach Zahnstochern, auf die Weintrauben und Käse gespießt war. Die vorhandenen Anwohner ließen sich an Polohemden erkennen, über herabhängende Bäuche gespannt, an Broschen oder halbfeinen Schuhen, wie man sie trägt, wenn man erwägt, vielleicht später noch einmal zum Schrebergarten hinauszufahren. Ich hatte keine gute Erfahrung mit Alkohol vor Auftritten gemacht, ich nahm mir eine weitere Sektflöte mit Wasser und landete, weil ich mich vor Gesprächen scheute, erneut in der Nähe des Aquariums. Das Brummen erzeugte eine feine Vibration, die die Oberfläche im Glas kräuselte. Auch an meinen Zehen war sie spürbar, ich fasste behutsam die Scheibe an, dort, wo einer der Fische sich festgesaugt hatte, ich spürte das sanfte Zittern und fragte mich, ob der Fisch es auch spürte.

Ein hochgewachsener, grau melierter Mann trat ans Rednerpult und klopfte zu fest gegen das Mikrofon. Selbst erschrocken bat er um Ruhe, stellte sich als Vorsitzender eines Ausschusses vor. Immer noch umrahmten das Pult die beiden metallenen Pfosten, immer noch schlangen sich die zwei Teile des Bandes um sie, das der Direktor zerschnitten hatte. Mein Wasser war schon wieder leer, ich winkte einer der atemberaubenden Kellnerinnen, aber sie übersah mich und der Mann am Pult räusperte sich streng. Er begrüßte die Einweihungsfeier, begrüßte Fortschritt und Stadtteilverschönerung und das gesellige Miteinander. Langsam wandte sich die Aufmerksamkeit aller wieder dem Rednerpult zu, es war eine lächerliche Idee, bei einer derartigen Veranstaltung eine Pause einzulegen, so lächerlich wie die Fische, so lächerlich wie der aufgepfropfte Kulturteil, den ich vertrat, aber nun verstummten die letzten Gespräche, nun sah man widerwillig ein, dass es noch eine weitere Schicht zu überstehen gab. Der Redner betonte, dass das Bankgebäude in seiner modernen Architektur, in seiner kompromisslos-eleganten Gestaltung wesentlich zum Glanz des Viertels beitrage. Die langen Wörter standen mir sperrig im Kopf, als hätte ich doch Sekt getrunken. Die Blätterteigsnacks waren alle und ich pflückte mir kurzerhand selbst neues Wasser von einem vorbeikommenden Tablett, ich handelte mir einen bösen Blick ein und hörte, dass die Fassade aus Glas und Stahl nicht nur optisch ein Gewinn sei, sondern auch sinnbildlich für die Transparenz, die im Bankensektor herrschen müsse, heutzutage mehr denn je. Rasch spülte ich mir die bröseligen Teigreste aus den Backentaschen, wischte mir Krümel vom Mund, ich bemerkte, dass ich an das brummende Aquarium gelehnt stand, ich bemerkte meinen erhöhten Puls und dachte, dass es daran liege, dass ich die Partita für den zweiten Teil nicht sorgfältig geübt, sogar noch nie irgendwo vorgespielt hatte, ich vergaß, wo mein Geigenkasten stand. Der Redner verhaspelte sich einige Male, obwohl man ihm aufmerksam lauschte, er sprach von gemäßigtem Kapitalismus, freiwilliger Selbstkontrolle, mir wurde übel, ich hatte einen Kloß im Hals. Aufgeschwemmter Blätterteig, die Schlagworte trafen mich in den Magen, gesellschaftliches Engagement, soziale Verantwortung, ich zwang mich zu tiefen Atemzügen, blickte an die Decke, von wo leichter Schwindel über mich kam. Ich trank weiter Wasser. Risikominimierung, hörte ich, Spekulationseindämmung, besonnener Einsatz der Mittel, ich hörte, dass der Kunde stets im Mittelpunkt stehe, und bemerkte erstaunt, dass ich selbst im Mittelpunkt stand, dass um mich herum ein Kreis gebildet worden war, die Zuhörer hielten Abstand. Über ihren Fliegen, unter den Kragen ihrer Polohemden ragten Kiemen hervor, die Schuppen auf ihren Stirnen glänzten, ich hörte ein Vielen Dank, hörte blubbernden Applaus. Dann schwand das Licht, der Motor des Aquariums setzte aus, das Brummen brach ab, mit ihm verlosch die Vibration und auch die Kraft meiner Beine, sie gaben nach, waren mit einem Mal nicht mehr vorhanden, ich spürte mich fallen, sah alles zu großen Blasen verdichtet, eine Masse gespitzter Münder schnappte gleichmütig auf und zu.

– Es tut mir leid, Felix.
Als Erstes tauchte der Schnurrbart aus dichter Schwärze auf. Ein grauer, buschiger Balken, der unstet umherwaberte. Ich machte die Augen wieder zu, wieder auf, und sah die gequollene Nase darüber, darunter der Spalt eines geöffneten Mundes, in den sich, als ich länger hineinsah, das blasse Weiß aufwendig wiederhergestellter Zahnreihen schob. Der Bankdirektor lächelte. Mit einer zähen, kribbelnden Welle kehrte mein Körper zurück, samt Schmerzen an Steißbein und Rücken, einem glühenden Fleck am Hinterkopf. Ich schnappte nach Luft. Mein Brustbein knackte. Der Bankdirektor griff mir an die Schulter und sagte etwas. Es klang laut und verschwommen und ich dachte, was für eine besondere Gattung Mann es war, die wider allen Moden und ästhetischen Gesetzen unbeirrt Schnurrbärte trug. Jemand fächelte mir mit einer Broschüre ins Gesicht,

ich spürte Haarsträhnen aus meiner Stirn wehen, ein Kitzel an der Wange, zu meiner Verwunderung hob sich wie selbstständig meine Hand und strich ihn schwerfällig weg.

– Es tut mir leid, Felix.

Man richtete mich behutsam in eine Sitzhaltung auf. Gedrängt umstanden sie mich, die Mitarbeiter der Bank, ich vermutete alle Hierarchiestufen vertreten, dazu eine Kellnerin, die mir mit einem Mal nicht mehr auffallend hübsch vorkam. Sie blickte besorgt, hatte den Kopf schief gelegt und beugte sich über mich. Ich konnte sie nicht lange ansehen, ihre Fragen nicht beantworten, weil mir flau davon wurde. Der Bankdirektor roch nach Schweiß, vielleicht hatte er sich Sorgen gemacht, dass die Eröffnung seiner Filiale von einem Notfall überschattet werden könnte. Jetzt grinste er, jetzt packte er mich aufmunternd am Arm und posaunte, dass sie den Krankenwagen wohl wieder abbestellen könnten. Obwohl ich immer noch blass wie eine Leiche sei. Ich schüttelte den Kopf, das Sprechen wollte mir nicht gelingen, also lächelte ich und man klatschte in vorderster Front. Das Klatschen breitete sich aus, ich konnte den Pulk erahnen, in dessen Mitte ich auf dem Fußboden saß, die ganze Filiale applaudierte nun, begeisterter und lauter, als sie es ansonsten wohl während der ganzen Veranstaltung getan hätte, und ein Lokalreporter drängte sich durch die Reihen und schoss Fotos. Geschickt wandte sich der Bankdirektor um, legte dabei den Arm um mich, und ich keuchte, ich verlangte nach Wasser, aber meine Stimme war belegt und die Umstehenden noch mit Applaus beschäftigt. Man hörte mich nicht. Das Lampenfieber, sagte jemand, junge Künstler, zarte Pflänzchen. Ich rappelte mich auf, ich streifte den Arm des Bankdirektors ab, der daraufhin selbst ins Klatschen verfiel, mein Herz schlug fest, ich wusste nicht was tun, winkte also, zurückhaltend, wie Carla gewunken hatte, und man lachte, man gratulierte mir, ich musste Hände schütteln.

– Es tut mir leid, Felix.

Niemand verlangte, dass ich die zweite Hälfte des Konzertes noch spielte. Auch die nachfolgende Rede, die letzte des offiziellen Teils, geriet kurz und launig, gelöst stieß man an, es gab Nachschub an Orangensaft und Sekt, es gab auch Schalen mit Erdnüssen und Bier. Ich musste mein Wohlaufsein versichern, musste spekulieren, was die Ohnmacht ausgelöst hatte, musste Kreislaufprobleme erwägen oder das wechselhafte Wetter dieser Tage, ich musste beichten, dass ich zu wenig aß. Das Aquarium war längst wieder in Gang gebracht worden, der Motor brummte, die Fische schwammen ungerührt. Der gedrungene Hausverwalter fand mich und kratzte sich aufgewühlt am Kinn, erzählte mir, dass sein Bruder an Epilepsie leide und ich mich untersuchen lassen müsse, ich schob ihn fort, wirklich schob ich ihn von mir und wirklich wich er kaum zurück, trat, als sei nichts geschehen, wieder näher und fuhr mit seinen Warnungen fort. Ich wollte nichts davon hören, ich aß Erdnüsse und kaute absichtlich laut, sah durch ihn hindurch, während er an den Fingern Symptome aufzählte, und dann sah ich Carla.

– Wirklich. Es tut mir leid.

Später saßen wir im Dunkeln. Carla pfiff. Sie hatte den Termin beim Anwalt abgebrochen, war zurückgefahren aus einer Ahnung heraus, sie hatte sich den Zorn ihres Mannes zugezogen und drückte nun den Rücken gegen die Lehne der Holzbank, bis es knarrte. Mindestens eine Stunde lang hatte sie mich fürsorglich durch Konversationen geschleust, hatte es sich nicht nehmen lassen, mir weiter Wasser und Erdnüsse einzuflößen, hatte mir erzählt, dass ein kurzer, spontaner Kreislaufkollaps im Fachjargon Synkope hieße. Etwas war aus dem Takt geraten, etwas habe sich gegen den Rhythmus gestellt, das passe, sagte ich ihr und sah einem alten Pärchen zu, das auf dem Heimweg in routinierten Streit geraten war. Die Frau trug eine grässliche Brosche, der Mann ein grünes Polohemd, sie liefen, in widerspenstiges Gemurmel vertieft, an unserer Holzbank vorüber. Wir saßen im Schatten. Wir waren nicht weit gekommen, waren, wenige Schritte von der Filiale entfernt, auf der ersten Sitzgelegenheit gestrandet, wir hatten ein sterbendes Fest verlassen, der Bankdirektor hatte sich allein in der Mitte seiner gläsernen Halle gedreht. Wie ein einsamer König im leeren Schloss, er hatte mir nachgerufen, ob ich nicht etwas zum Tanzen spielen könne, die Borsten seines Schnurrbarts hatten wehmütig geglänzt. Carla entschuldigte sich wieder.

– Du weißt, ich kann nicht anders, Felix, du weißt, wie ich bin.

Es klang nicht bedauernd. Ein fröhliches Glucksen ging ihren Sätzen voraus. Sie rieb sich die Hände, obwohl es warm war, und unwillkürlich dachte ich, alles sei so gekommen, wie sie es vorausgesehen hatte, Carlas Plan, dachte ich, war aufgegangen. Ich schüttelte den Kopf.

Sie musste schnell gefahren sein. Sicher lag das Büro des Anwalts im Zentrum der Stadt. Carla konnte kaum mehr als ein paar Minuten darin verbracht haben, wenn sie überhaupt dort gewesen war. Ich war misstrauisch geworden gegenüber ihren Ermittlungsmethoden, ich verdächtigte sie, unlauter zu agieren, und sagte das auch. Ihre Finger griffen nach mir, schlossen sich kurz und fest um meinen Nacken, lockerten auf und fuhren mir durchs Haar, über den Hinterkopf, bis dorthin, wo meine Beule pulsierte. Zum zweiten, zum dritten Mal setzte ich an zu erklären, dass ich mir das nicht erklären könne, den Zusammenbruch, die Ohnmacht, ich hörte mich reden wie ein uneinsichtiges Kind. Trotzig beteuerte ich, keine Mutter gekannt zu haben, ich wisse, das höre sich seltsam an, ich hätte dieses Gespräch schon geführt, einige Male sogar, als Junge habe es mich verwirrt, als Jugendlicher auch, aber Tatsache sei, ich hätte keinen Bezug zu meiner Mutter, ich könne sie nicht vermissen. Carla lachte.
– Für jemanden, der mit Emotionen arbeitet, Felix, bist du von deinen eigenen ziemlich weit entfernt.
Ich stand auf, ich hätte beinahe gestampft. Was wisse sie schon von Musik und den Emotionen darin, sagte ich, dass sie überhaupt Emotionen sage, das sage ja schon alles. Außerdem gehe es mir bereits wieder gut. Eine Brise kam auf und trieb meine Worte ins Gebüsch hinter der Bank. Ich blieb stehen, ich stampfte nun doch, um ihnen wenigstens ein bisschen Nachdruck zu verleihen. Carla kniff die Augen zusammen. Eine Dame in Kostüm stolzierte durch den Kegel der nächstgelegenen Laterne, sah sich um, sie musste mich gehört haben, sah dann, als hätte sie doch nicht, noch einmal genauso

lange zur anderen Seite und ging geradeaus davon. Ich gab auf und setzte mich wieder, setzte mich nun ans andere Ende der Holzbank.
– Für jemanden, der auch aus sich selbst schöpfen muss, Felix, weißt du so gut wie nichts über dich.
Ich sagte Carla, dass mir ihre altkluge Art auf die Nerven gehe. Sie lächelte siegessicher. Seufzend legte ich den Kopf zurück. Ein Zweig kratzte meine Beule entlang und stach mir ins Ohr. Ich sagte, dass ich erschöpft sei und nach Hause wolle, Schlaf brauche, außerdem ein anständiges Konzert, eines, in dem ich mein richtiges Programm spielen könne, die Prüfung stehe bald an.
– Ich werde mich um dich kümmern müssen, Felix.
Carla rückte näher. Sie griff in meinen Rücken und brach die Zweige hinter mir ab. Es knackte stumpf. Ich sagte, sie solle das lassen.

– Felix?
Völlige.
Finsternis.
Meine erstarrten Glieder. Die Hand weigert sich, den Vorsprung zu umfassen. Ich stelle mir vor: die Unterseite der Klaviatur. Das muss es sein, ich muss darunter, muss wieder auf dem Boden liegen. Ich spüre mich vage, ich bin unendlich schwer.
– Felix!
Wilder, schöner Schmerz. Er flutet den Nacken, zwischen den Zähnen knirschen Müsliriegelreste. Trotzdem strecke ich den Arm. Ich drehe, zwinge die Hand, biege die Finger, bis ich Elfenbeintasten fühle, schlucke, greife zu. Die Dissonanz schlägt in die Dunkelheit ein.

Ich höre mich keuchen, höre das Verhallen der Töne und meines Schreis.
– Felix, ich kann dich hören. Ich weiß, dass du mich hörst. Sag, wo du bist!
Ich bin auf dem Boden einer Übezelle des Konservatoriums, etwa neun Stunden nach Abbruch meiner akademischen Hauptfachprüfung. Ich bin am Ende einer Suche, ich bin inmitten von Eingeständnissen. Ich bin wütend, ich bin blind, ich bin halb erfroren.
– Ich bin im Krankenhaus, Felix. Ich dachte, du würdest hier nach ihm suchen. Doch hier bist du nicht, glaube ich, ich glaube nicht mehr, dass du ihn suchst, ich weiß nicht, wen oder was du suchst, ob du suchst. Felix!
Meine gellenden Muskelfasern. Ich kann mich nicht erinnern, abgehoben zu haben. Stemme mich gegen den Schmerz in die Schwärze. Schwindel. Da sind Funken im Nichts. Der Körper sperrt sich, der Körper hakt und brüllt, ich halte das Handy ans Ohr.
– Ich werde nicht auflegen, Felix. Aufgeben werde ich nicht, und wenn du es tust, werde ich wieder anrufen. Ich werde dich finden, Felix, ich werde mich um dich kümmern. Das habe ich dir gesagt.
Ich sage: Carla. Carla, Carla, sage ich, und weil Carla nichts sagt, sehe ich auf das Display, aber da ist kein Display. Das Display ist schwarz, wie alles schwarz ist. Es reagiert auf keinen Tastendruck. Das muss der Akku sein. Das Ende des Akkus, ich sage: Das muss ein Ende sein, Hasenmeister.

Mein fünfter Lehrer war Koreaner. Genauer gesagt Chinese, und außerdem sagenhaft dürr. Seine Gelenke waren so schmal, dass ich mich vom ersten Tag an scheute, ihm die Hand zu geben. Er aber bestand darauf, trat, nachdem er sie gedrückt hatte, einen Schritt zurück und verbeugte sich. Ich neigte ebenfalls den Kopf. So begannen wir jede Stunde.
Von den Koreanern, die ich kannte, unterschied er sich grundsätzlich. Nicht nur dadurch, dass er Lehrer war. Er legte großen Wert auf kleine Gesten. Während ich spielte, saß er meist vollkommen unbewegt. Hatte ich ein Stück beendet, nahm er zuweilen die Brille ab. Es war ein wertvolles Exemplar, dünn und empfindlich wie er selbst. Ihre Gläser beschlugen nie. Sorgsam klappte er sie zusammen, legte sie neben sich und faltete erneut die Hände. Die Bewegung floss ruhig, aber sie wirkte ungestüm wie ein Wutanfall.
Gleich nach der Aufnahmeprüfung überbrachte man mir die Nachricht, er habe mich ausgewählt. Man gratulierte mir ehrfürchtig dazu. Seine Schüler zählten seit Jahren zu den Besten der Institution. Er genoss den Ruf, in jedem von ihnen verborgene Stärken zutage zu fördern. Weil er schon lange Professor war, hatte er Vorrecht bei der Vergabe und nahm nur an, wen er vielversprechend fand. Es hieß, er höre an wenigen Tönen das Potenzial eines Geigers. Dennoch galt es als ausgeschlossen, ohne vorherigen Kontakt, ohne einige gewichtige Empfehlungsschreiben von ihm berücksichtigt zu werden. Mir war es gelungen. Das machte mich ungemein nervös.
In unserer ersten Stunde spielte ich meine Prüfung nach. Er ließ mich ohne Unterbrechung das gesamte

Programm wiederholen. Nachdem der letzte Ton verklungen war, legte er seine Brille ab. Ich erschrak. Er fragte leise, weshalb er mich ausgewählt habe.
Mein fünfter Lehrer war streng. In meinem ersten Jahr bei ihm verbot er mir Konzerte. Auch zuvor hatte ich keine gespielt, aber trotzdem war er der Ansicht, jede Auftrittssituation hemme mich nun in der Entwicklung. Das erlaube er nicht. Ich bekam erste Angebote, ich bildete bald mit Mrasek, Chang und Lodenreiter ein brauchbares Streichquartett. Es fiel mir schwer, die bezahlten Gelegenheiten, die sie mir anboten, auszuschlagen. Ich erzählte es meinem fünften Lehrer, doch er hob nur sachte die Achseln, ließ sich die Nummer meines Vermieters geben und kam für die Wohnung auf.
Im zweiten Jahr erhielt ich von meinem fünften Lehrer das erste und letzte Mal Lob. Er sagte, ich sei musikalisch. Technisch bereits komplett. Die richtigen Ansätze der Gestaltung seien ebenfalls vorhanden. Es brauche zwar noch einige Jahre, um meinen Geschmack zu schulen, ihn zu schärfen für die wahren Höhen und Abgründe der Kunst. Aber, sagte mein fünfter Lehrer, im Großen und Ganzen werde aus mir ein anständiger Geiger. Nur, warum er mich ausgewählt habe, das wisse er immer noch nicht.
Es war mir nun gestattet, die Kosten für Miete und Verpflegung selbst zu begleichen. Ich spielte bei jeder vergüteten Möglichkeit. Er schien nicht enttäuscht, aber nachdenklich geworden über unseren Unterricht, als gäbe ich ihm ein Rätsel auf, das vertrackter war als erwartet. Einmal, als ich geendet hatte, schürzte er die Lippen. Das Spiel, sagte er, verrate mehr über den Spie-

lenden, als dieser preisgeben wolle. Wenn er mich höre, dann höre er mit Irritation. Da sei etwas, irgendetwas, ich ahnte vermutlich nichts davon, doch er selbst wisse leider auch nicht was, könne es nicht benennen, geschweige denn die Herkunft bestimmen, vielleicht eine Facette im Ton, vielleicht auch in der ganzen Spielart, und das Seltsamste daran: Er habe den Eindruck, dass ich, der ich doch gar nichts davon wisse, dasjenige vor ihm verberge, verschleiere auf ängstliche Weise, doch sorgfältig und geschickt. Ich sah ihn an. Er lächelte fein. Vielleicht täusche er sich.
Mein fünfter Lehrer besaß eine große Sammlung teurer Taschenuhren. Das kam mir folgerichtig vor. Eine Armbanduhr hätte ihm wohl das dürre Handgelenk verbogen. Die Uhren, es waren wöchentlich neue, trug er mit einer silbernen Kette befestigt am Hosenbund. Er zog sie stets zur selben Zeit am Ende des Unterrichts hervor und las ab, dass er sich niemals täuschte: Die Stunde war vorbei.
Ansonsten leistete er sich, verglichen mit anderen Professoren, keinerlei Extravaganz. Er kam stets pünktlich und mit steter, gleichmütiger Freundlichkeit, verrichtete zuverlässig den Dienst in angemessener Kleidung, hatte präzise und mehrheitsfähige Vorstellungen von Musik, formulierte sie klar und gab niemals Anlass zu Beschwerden. Deshalb herrschte, als er zu Beginn meines dritten Jahres nicht wie gewohnt erschien, Aufregung im Haus.
Niemand hatte von ihm gehört, niemand erreichte ihn. Er blieb den ganzen Tag verschwunden, und die alte Sekretärin hinter ihrem sandfarbenen Schreibtisch blickte besorgt auf ihr Telefon. Mein Unterricht fiel

aus, doch auch am nächsten Tag kehrte er nicht zurück. Eine Woche darauf vertrat ihn ein junger Kollege mit unausgereifter Bogenhaltung und einem zuckenden Lid. Ich fragte nach, ich hörte mich um, doch es kursierten nur Gerüchte. Keinen Menschen schien es zu geben, der wenigstens seinen Wohnsitz kannte, kein Dozent, kein anderer Schüler hatte ihn je außerhalb des Gebäudes gesehen. Das Konservatorium hatte die Polizei eingeschaltet, die Polizei tappte im Dunkeln.

Eine weitere Woche später erschien mein fünfter Lehrer zur üblichen Zeit. Er entschuldigte sich förmlich für seine unerwartete Abwesenheit, versprach, die Stunden nachzuholen, nahm seine Pflichten wieder auf. Bald war es, als sei er nie weg gewesen. Immer noch kleidete er sich gut, erfüllte, was man von ihm verlangte, mit dem korrekten Maß an Hingabe. Die richtige Dosis Leidenschaft und auch die gleichmütige Freundlichkeit hatte er sich bewahrt. Nur der goldene Ring bewies, dass etwas anders war. Der Ring stach ins Auge, er war schwer, er war dick und glänzte, er war ihm viel zu groß. Hätte mein fünfter Lehrer nicht fortan seine Hand stets waagrecht gehalten, der Ring wäre ihm vom Finger gerutscht. Die Mühe schien ihn nicht zu kümmern. Er sagte, er sei verliebt.

Unsere Stunden wandelten sich. Nicht nur, weil er nun anders saß, die Hand, die ihm sonst abgefallen wäre, gebettet aufs angewinkelte Knie. Er hatte an Zeitgefühl verloren. Tatsächlich schien dieser Verlust an die Entdeckung der Sprache gekoppelt zu sein. Zumindest erzählte er nun viel, es gab Unterrichtseinheiten, nach denen ich hätte schwören können, er habe in einer Stunde mehr gesprochen als in den zwei Jahren zuvor.

Immer noch begrüßte er mich per Handschlag und verbeugte sich dann. Doch statt mich gleich spielen zu lassen, wollte er reden. Hauptsächlich von seiner Frau. Dem neuen Leben, das er dank ihr führe, dieser Umwälzung seiner verdorrten Gewohnheit, diesem neuen Licht. Was habe man ihn gewarnt vor einer überstürzten Hochzeit, was habe man sich gewundert, als er aufgebrochen sei. Eine spontane Reise zu zweit, über Moskau nach St. Petersburg, man habe ihn für verrückt erklärt, doch er fühle sich klüger denn je. Das alles nur wegen diesem Menschen, vielmehr dieser Göttin, die unvermutet in sein Dasein getreten sei und es seitdem erhebe. Tatsächlich, schwärmte er, sei es, als könnte er plötzlich schweben, jeden Tag, wenn er sie auf die Schläfe küsse, fasse er kaum sein Glück. Beschwingt zog mein fünfter Lehrer die Uhr aus seiner Tasche, sah darauf, erschrak ein wenig und entließ mich rasch.

In meinem vierten Jahr erklärte mein fünfter Lehrer, er gebe mich offiziell auf. Fröhlich sprang er von seinem Stuhl und klappte mein Notenheft zu. Ich dürfe das nicht falsch verstehen. Was er sagen wolle, sei: Er gebe sich selbst auf, gewissermaßen, in Bezug auf mich. Ich war verwirrt und hielt meine Geige für den nächsten Einsatz bereit. Er legte beschwichtigend die Hand über das Instrument. Sein Ring erzeugte auf den Saiten ein metallisches Geräusch. Das heiße nicht, erklärte mein fünfter Lehrer, dass ich nicht mehr zu ihm kommen dürfe. Im Gegenteil, er freue sich, wir unterhielten uns immer so gut. Ich wandte ein, ich hätte nicht das Gefühl, schon ausgelernt zu haben. Mein fünfter Lehrer lachte: Ausgelernt habe man nie! Doch zugleich sei ich schon bei der Aufnahmeprüfung mehr oder minder komplett gewesen. Meinen Protest übergehend, fügte er hinzu: Sicher habe es noch etwas Feinschliff bedurft. Doch das sei nun vorbei. Mein Lehrer rückte den Briefbeschwerer auf seinem winzigen Schreibtisch gerade und erklärte, die meisten Studenten könnten schon nach der Aufnahme ihren Abschluss spielen. Ich war anderer Meinung, ich hob die Bogenhand zum Widerspruch, doch er betrachtete sein Spiegelbild im Fenster. Diese neue Brille liege ihm schwer auf dem Gesicht. Heftig wandte er sich um: Wie stehe sie ihm?

Über Monate übte ich so wenig wie nie zuvor. Es gab Tage, an denen ich kaum einmal die Geige berührte. Stattdessen besuchte ich die Werkstattkonzerte der anderen Lehrer und schrieb die Namen der Kommilitonen mit. Ich kannte beileibe nicht alle. Es verging Zeit, bis ich sicher sein konnte, jeden gehört zu haben. Zu jedem machte ich mir Notizen, schrieb mir Stärken und Schwächen auf, meinen persönlichen Eindruck, ich maß sogar die Dauer des folgenden Applauses und klatschte selbst nie mit. Als ich sicher sein konnte, alle in Ausbildung Befindlichen katalogisiert zu haben, ordnete ich mich ein. Meine eigenen Stärken und Schwächen glaubte ich abschätzen zu können, nur meinen eigenen Applaus hatte ich nie von Hand gestoppt. Das aber, erklärte ich meinem fünften Lehrer, sei auch völlig unerheblich. Viel wichtiger sei nämlich: Er habe sich getäuscht. Mitnichten seien die meisten bereit, ihren Abschluss zu spielen. Mitnichten sei ich es, und überhaupt gebe es eine gewaltige Bandbreite der Qualität, ein geradezu erschreckend breites Spektrum an Niveau. Mein fünfter Lehrer blinzelte müde. Immer noch waren seine Glieder dürr, doch hatte er sich einen Bauch zugelegt. Der wölbte sich stolz unter seinem Pullover wie ein kürzlich erworbenes Luxusgut. Mein fünfter Lehrer streichelte ihn. Ich spielte trotzig vor.

Seine Ratschläge beschränkten sich nun darauf, vergleichende Einspielungen zu hören. Wollte ich mehr und Genaueres wissen, zitierte er seine Frau. Sie sei, das müsse ich wissen, musikalisch sehr begabt, doch von einschränkenden Vorgaben halte sie nichts. Sie würde, sagte mein fünfter Lehrer, sagen, ein Geiger in meinem Alter, auf meiner Stufe habe selbst zu wissen, was gut für ihn sei. Er nahm seine Brille ab, um die Gläser zu putzen, er putzte sie oft, sie beschlugen gleich wieder, er hatte sich spezielle Tücher gekauft. Ich gab mich nicht zufrieden, forderte mein Recht auf die Ausbildung ein, verlangte Kritik und Engagement. Mein fünfter Lehrer gähnte.

Ein Lehrerwechsel war undenkbar. Ich richtete eine Beschwerde an das Konservatorium, meine Beschwerde wurde als die erste ihrer Art registriert. In den Stunden unterbrach ich ihn nun, wenn er zu erzählen begann, und setzte stur meine Pläne dagegen, berichtete von Hindernissen, kommentierte meine Entwicklung ausgiebig und laut. Mein Lehrer stutzte und warf dann ein, was seine Frau dazu sagen würde. Die Frau schien in jedem Aspekt bewandert. Ihr war unmöglich beizukommen. Glücklich und gelassen sprach sie aus dem Mund meines fünften Lehrers stets das letzte Wort. Lange versuchte ich, sie mit immer neuen Problemen, erfundenen Schwierigkeiten zum Schweigen zu bringen. Irgendwann gab ich auf.

In meinem fünften Jahr wählte ich die Werke für meinen Abschluss. Mein fünfter Lehrer erklärte in Vertre-

tung seiner Frau mein Programm für lobenswert. Ich würde mich schon behaupten. Ob er nicht um seinen Ruf fürchte, fragte ich ihn scharf. Mein fünfter Lehrer lächelte und zitierte seine Frau, die etwas über die Vergänglichkeit der Anerkennung zu sagen hatte, doch ich hörte längst nicht mehr hin. Sein Bauch wuchs. Sein Zeitgefühl schwand weiter. Oft kam er zu spät. Es waren Beschwerden über sein Verhalten eingegangen. Sie stammten von seinen anderen Schülern und wurden persönlich überstellt, samt mahnenden Briefen, die er schmunzelnd unter den Briefbeschwerer klemmte.
In unserer letzten Stunde ließ ich mich nicht unterbrechen. Ich spielte, kaum dass er den Raum betrat, meine Prüfung vor. Er lauschte, nachdem ich jeden Versuch eines Einwands übertönt hatte, folgsam und ruhig und klatschte schließlich angemessen lang. Zum Abschied griff er nach meiner Hand. Ich schüttelte sie schroff und er bedauerte, nie dahintergekommen zu sein, was er in meinem Spiel höre. Er trat zurück und verbeugte sich. Er freue sich auf mein Konzert, und übrigens werde auch seine Frau an diesem Abend kommen. Ich verbeugte mich ebenfalls, ich verbeugte mich knapp. Mein fünfter Lehrer rief mir nach, sie werde mich sicher mögen.

1. Stütze ab.
Ich erinnere mich, mein Handy gegen das Linoleum geschlagen zu haben. Auf den Boden gehämmert habe ich es, und gegen die Wand, erst sachte, um die verklemmte Rückseite aus Hartplastik zu lösen, um den Akku herausziehen und wieder einbauen zu können, dann, als das nichts half, fester. Als auch das nichts half, legte ich das Handy auf das Linoleum und hämmerte mit der Faust auf die Tasten. Ich erinnere mich, gefleht zu haben, befohlen, gebrüllt und gebettelt. An stumpfe, peinliche Verzweiflung erinnere ich mich, an das panische Auseinanderstieben des Müsliriegelzellophans. Ich konnte lediglich hören, wie die Fetzen raschelnd flüchteten vor mir, konnte spüren, wie ich die leeren Wasserflaschen umstieß, als ich das Handy wieder zur Hand nahm, den Knopf, der es gewöhnlich in Betrieb setzt, drückte, bis die Verschalung zerbrach. An grundloses Lachen erinnere ich mich, an haltlose Versuche, ruhig zu bleiben, ich erinnere mich, mich nicht erinnern zu können, wann mein Vorrat zur Gänze aufgebraucht war. Nichts half.
2. Bogen putzen.
Wie ich in der dichten Schwärze den Geigenkasten gefunden, wie ich überhaupt bis zu ihm vorgedrungen bin, bleibt ein Rätsel. Ich weiß es nicht mehr. Ich muss blindlings umhergelaufen sein. Viel Platz kann ich dafür nicht gehabt haben, es sei denn, die Zelle benötigt nun keine Wände mehr, um mich zu halten und in Finsternis zu hüllen, es sei denn, ich bin längst in etwas anderem, Dunklerem, Dichterem eingesperrt. Ansonsten muss ich irgendwann über den Koffer gestolpert sein, ich muss ihn aufgemacht, Geige, Bogen, Stütze, Tuch ertastet haben,

ich erinnere mich nicht. Mir ist lediglich noch im Gedächtnis, den Kasten nie wieder öffnen zu wollen. Warum habe ich es trotzdem getan, warum warten meine Hände nicht auf meine Beschlüsse, warum schmerzt mein Kopf, spüre ich haarfeine Risse durch meinen Schädelknochen fressen, es muss die Erinnerung sein, die alte, die sich aufgebauscht und breitgemacht hat, die die jüngste verdrängt oder in Stücke schlägt. Sie sprengt den Raum, sie muss raus, ich muss hier raus, ich stelle mir vor: Meine Hände fahren ungerührt die Bogenstange entlang. Sie beachten mich nicht, folgen ihrem eigenen Plan und erzeugen dabei dieses heisere Schleifen, sie gleiten zur Spitze aus Elfenbein und zurück und umfassen das metallene Endstück, von dem ich nie verstanden habe, warum es Frosch genannt wird.

3. Holzfläche reinigen.

Carla, Carla. Warum tauchen die Stäbe wieder auf? Enthüllen sich, als seien sie nur hinter einem tiefdunklen Vorhang verborgen gewesen, schwellend, schrumpfend im Takt meines Herzschlags, warum? Ich werde sie nie mehr los. Gleichgültig, ob ich die Augen offen halte oder geschlossen, was in dieser Dunkelheit ohnehin keinen Unterschied macht: Sie sind da. Die Neonröhren müssen sich unvorstellbar tief in meine Netzhäute gebrannt haben. Sie leuchten. Mein mattgoldener Käfig. Waren sie wirklich fort oder habe ich sie nur nicht mehr bemerkt? Das Schaben des Tuches auf dem Geigenholz. Ich erinnere mich, wie es sich anfühlt zu frieren, ich sehne mich danach.

4. Klangstraße wegwischen.

Plötzlich ist es so: Als sei es Jahre her, dass ich meine Geige berührt habe. Als wüsste ich nicht mehr, wie sich das anfühlt. Zwar führen meine Hände die Bewegungen aus, als seien sie daran gewöhnt, zwar arbeiten sie sich ohne mein Zutun in langsamen Kreisbewegungen über die Holzoberfläche, doch gleichzeitig bin ich nervös und gespannt und seltsam aufgeregt. Im Dunkeln fällt die plumpe Gestalt meines Instrumentes nicht so sehr auf. Im Gegenteil wirkt es dann schmal und schön wie seine Artgenossen, offenbart den Fingern eine Ebenmäßigkeit, die es den Augen verbirgt. Ist es meine Geige? Berühre ich sie wirklich, fahre ich ihre Saiten entlang, nehme ich den dünnen Steg zwischen Daumen und Zeigefinger und prüfe seinen Sitz? Groß und schlank und grazil. Zerbrechlich. Ich atme ein, ich atme aus.

5. Hals, Griffbrett, Problemzonen.

Wieder dort. Auf der Bühne.

Das Licht. Der Schweiß im Nacken. Die Luft.

So stickig, dass sie den Hals zuschnürt. Oder den Hemdkragen schrumpft. Die Schatten.

Ich spähe wieder hinunter in das dunkle Getümmel, ich höre die Rufe nach Saallicht und einem Arzt. Ich halte die Geige in den Händen, ich weiß, was dort unten passiert. Aber ich kann mich nicht umdrehen. Wie ich mich auch drehe und wende, ich drehe mich nicht weg, sehe unweigerlich hin, ich sage: Carla, Carla! Doch Carla ist nicht zu erkennen. Nichts ist zu erkennen, alles jenseits der grellen Scheinwerfer ist fauliger, nachtschwarzer Tumult. Von Schleesdorf rennt an mir vorbei, er springt erneut in den Graben, nur dieses Mal verlangsamt er mitten im Flug. Er wendet den Oberkörper, ein Schrei auf seinen Lippen, der mich nicht mehr erreicht, weil vorher der Lärm, die Rufe, das

Trampeln, das Poltern, weil alles jetzt wieder anschwillt, keinen anderen Laut mehr duldet, heranstürmt, sengend heiß. Oder ist es die Beleuchtung, die für die Hitze verantwortlich zeichnet, haben die Scheinwerfer ihre internen Sicherungsmechanismen durchgebrannt und konzentrieren nun ihre volle Kraft auf mich? Ich sehe von Schleesdorfs Schal melancholisch durch die brennende Luft flattern, dann ist er verschwunden, dann ist alles geklärt, so eindeutig, dass es fast lächerlich ist: ich hier oben, allein, und dort im Abgrund das, was mich ausmacht. Unentwirrbar verknäult auf die denkbar düsterste Weise. Ich halte die Geige fest, mein Schweiß die Politur, ich werde von meinem Herzschlag erschüttert. Ich drehe mich nicht um.

6. Saiten säubern.

Ich kann hinsehen, Carla. Ich weiß schließlich nun, dass Vater ins Krankenhaus gebracht wurde. Du hast es mir verraten, du hast gesagt, dass du mich dort suchtest, weil ich ihn dort suchen könnte. Wo ich ihn gefunden hätte, das hast du nicht erwähnt. Dabei ist es entscheidend, Carla, welche Station, welches Stockwerk wenigstens, damit wäre mir schon geholfen gewesen, den Rest dachte ich mir. Dass die Rettungskräfte gerufen wurden, dachte ich, womöglich sogar von dir, ich konnte mir Sanitäter vorstellen oder dich bei der Leistung erster, ärztlicher Hilfe, ich konnte mir den dramatischen Abtransport vorstellen, der schließlich im Licht stattfand, weil irgendjemand endlich den richtigen Schalter gefunden hatte. Die Behinderungen durch das immer noch aufgebrachte Publikum konnte ich mir vorstellen, dessen zartes Nervenkostüm durch die Konzertunterbrechung angegriffen war, ich konnte mir vorstellen, dass es Diskussionen gab, wie man überhaupt derart aus der Fassung geraten konnte, letztlich war ja nicht viel passiert, letztlich war es nur zu einem, wenn auch tragischen, Zwischenfall gekommen, ich konnte mir vorstellen, dass man die Belüftung oder fehlende Notausgangslampen kritisierte, auch, dass man irgendwann auf meinen Verbleib zu sprechen kam. Sicher vergaß man, die verdammten Scheinwerfer abzudrehen, sodass die Bühne klammheimlich in Flammen aufging. All das konnte ich mir vorstellen, Carla, aber nicht, ob mein Vater noch lebt. Du hast nicht preisgegeben, ob er überhaupt den Transport überstanden hat, ich stelle mir vor, obwohl ich es besser weiß, dass du dem Rettungswagen gefolgt bist, deine Hände um das Lenkrad gekrampft, ich stelle mir vor: Du hast an einer tückischen Kreuzung den Anschluss verloren, deinen Schaltknüppel erwürgt und im Halteverbot geparkt. Am Empfang hast du zunächst den Dienstausweis nicht gefunden, du hattest schon wieder die falsche Tasche dabei, und die dümmliche Schwester mit der Kleinmädchenspange im Haar wollte dich nicht kennen, bis endlich ein Kollege im Kittel vorbeikam und die Dinge für dich regelte, dir den Status und die Zimmernummer des Patienten nannte, bis du zu ihm konntest. Als du dort warst, Carla, hast du dich über den Liegenden gebeugt, dessen Gesicht im bewusstlosen Zustand so klein, fast unscheinbar wirkte? Hast du in den Zügen des Greises für Sekunden nach meinen gesucht? Hast du nach der Hand gegriffen, der drallen, stets wie geballten, die aus dem Laken ragte? Was hast du gefühlt, als sie deinen Druck erwiderte? Was gedacht, Carla, als das schlaffe

Lid zuckte, als ein Sog einsetzte, dich hinunterzog, näher und näher zu ihm?
7. Lack polieren.
Sie haben keine neuen Kurznachrichten. Sie haben keine Möglichkeiten mehr. Sie verfügen über keinerlei Müsliriegel, keinen Restschluck Wasser. Du bist ein Feigling, Hasenmeister. Du bringst es fertig, in Eiseskälte zu zittern und zu schwitzen. Du bist ein Idiot, du hast einen dämlichen Fluchtplan verfolgt, hast keine Haken geschlagen und bist in die Ecke gedrängt. Schutzlos ausgeliefert: meinen Geräuschen, meinen Erinnerungen. Ich höre Knochen knirschen. Ein Druck im Nacken, der mir den Schädel aufstemmen wird. Die mattgoldenen Stäbe glühen vor Schmerz. Das Display ist schwarz, wie alles schwarz ist: meine Zelle, meine Aussichten. Sie haben keine anderen Optionen. Ich habe mich verloren. Vielleicht in dem Augenblick, in dem ich die Bühne verließ. Vielleicht schon, als ich sie betrat, vielleicht drei Tage vorher, vielleicht vor fünfundzwanzig Jahren, ich weiß es nicht mehr. Ich habe keine eindeutigen Hinweise, ich bin kein Detektiv, Carla, die Indizienlage ist lückenhaft und unübersichtlich und flüchtig, der Fall zugleich verworren und klar. Es gibt nur einen Verdächtigen, aber der entzieht sich.
8. Riechen.
An meiner ersten Geige roch ich tagelang. Ich führte meine Kindernase sorgsam darüber hinweg, wieder und wieder, mit ehrfürchtiger Behutsamkeit, als würde ihr Duft durch grobes Schnüffeln unweigerlich verscheucht. Mit der Zeit wurde ich gieriger, ich roch mit mehr Entschlossenheit, versenkte das Gesicht so begierig in den Geigenkörper, dass ich unsanft gegen die

Holzoberfläche stieß. Nach jedem Atemzug hielt ich die Luft an, spürte nach und schmatzte leise. Ich bemühte mich um die genießerische Miene eines echten Gourmets. Auch bei den nachfolgenden Geigen, der Achtelgeige, der Viertelgeige, der halben, selbst bei der ganzen Geige forschte ich nach dem Aroma.

Nie roch ich etwas. Das Parfum des Instruments, die spezielle Komposition, die sich in seinem Inneren verbindet, blieb mir stets verborgen. Keine Spur von Waldgerüchen, Nadeln, Rinde, Moos, kein Anzeichen von Werkstattdüften, Leim und harter Arbeit, kein unvergleichliches Eigenaroma, bis jetzt.

Jetzt rieche ich.

Schon mit dem ersten Atemzug steigt mir ein Duft zu Kopf. Ungläubig blase ich wieder aus, verdrehe den Hals, dass der Nacken jault, und presse die Luft aus den Lungen. Dann beuge ich mich erneut über das Instrument. Meine Nase streift die Saiten. Ich zwinge mich, langsam einzuatmen. Es ist unerträglich. Der Duft schlägt mir entgegen wie Dampf aus einem Kessel, er ist da, er ist dicht und vollmundig und übertüncht das Katzenfutter mit Leichtigkeit. Das Aroma der Anästhesie, der abgestandene, scharfe Geruch der Erinnerung, alles verblasst. Als hätte ich ein Leck geschlagen, strömt der Geruch der Geige hervor und fährt mir ins Mark, wie Klang, der Sinn ergibt. Unendlich oft habe ich mir gewünscht, so hören zu können, wie ich rieche. Harmonien und Themen, ganze Sätze wollte ich einsaugen, wollte sie behalten, bis mich das Drängen überwältigt und zwingt, wieder loszulassen, um gleich einen weiteren Schwall aufzunehmen. In der Kälte, in dieser Stille ist der Duft eine große Melodie. Da ist eine bittere Note. Der herbe Geschmack von Baumharz, die strenge Urwüchsigkeit unter der Rinde. Ich habe den Geigenkörper gepackt und drücke ihn an mein Gesicht, am liebsten würde ich ihn mir um den Kopf schlingen. Da sind frisch gehobelte Späne, ihre würzige Süße, die so schnell verfliegt. Die Erde des Waldes, der sagenhafte Dunst nach einem Regenguss, das zähe Aroma von Leim. Da ist der Lack, scharf und eindringlich, und der Schweiß des Geigenbauers, dessen Säure sich tief in die Holzfugen gegraben hat. Er steigt mir zu Kopf, ich spüre von fern einen Krampf in den Fingern, ich lasse nie wieder los. Da ist mehr. Etwas Zartes, weich wie die Holzhaut an meinen Wangen, eine liebliche Komponente, vielleicht der Nektar einer Blüte, das Fleisch einer überreifen Frucht. Ich atme ein, ich atme aus, und endlich ergibt es einen Sinn, ich höre mein ungeduldiges Stöhnen, ich müsste auflachen, ich müsste vor Scham im Zellenboden versinken und um Verzeihung bitten. Doch jetzt rieche ich, muss näher, noch näher heran, muss zum Innersten des Geruchs vordringen, eine salzige Nuance, die mir Speichel unter die Zunge spült, einen galligen Anflug, der meine Nebenhöhlen wärmt. Da ist noch mehr. Etwas Schales, der mehlige Geschmack der Traurigkeit, etwas Feines, eine Ahnung von Zimt und Weisheit, und dann sticht Carlas Stimme aus dem Getöse. Die Geige entgleitet mir. Sie rutscht aus den Fingern und fällt, sie wird auf dem Linoleum zerschellen, ich müsste danach schnappen, müsste nachfassen und ihren Hals erwischen. Aber ich fasse nicht nach.

Diese Stille, entsetzlich laut.

06:41, Carla

felix ich weiß wo du steckst. und was du denkst. und jetzt ist schluss mit dem unsinn. jetzt stehe ich unten an der pforte felix die pforte öffnet erst um sieben aber ich habe genug gewartet. frage nicht. rühr dich nicht vom fleck felix. ich habe lang genug gebraucht bis ich darauf und hierhergekommen bin. ich war an allen orten. allen die etwas bedeuten könnten. ich war in parks an bänken in bars in allen bars der stadt. natürlich bei dir zu hause felix natürlich bei von schleesdorf natürlich in unserem alten hotel natürlich bei mathieu. ich war vor dem haus deines vaters ich habe sturm geläutet ich war überall. du nicht. ich habe die geduld verloren und jetzt habe ich glassplitter auf der bluse und einen blutenden schnitt in der faust. jetzt werde ich dich finden. mach dir nichts vor. meine nacht war lang. meine nacht hat mich wütend gemacht felix dagegen hilft keine tablette der welt ich nehme drei. drei stufen auf einmal felix. ich rufe. du kannst mich bald hören. ich werde laut sein. ich werde mich laut verlaufen felix. ich werde fluchen und schimpfen denn wie du dir sicher denken kannst war ich nie zuvor hier. zumindest nicht hier oben. seit gestern kenne ich den weg vom eingang zum kleinen konzertsaal. und ich fände es schön wenn auch jetzt und hier kleine zettel hingen felix wie bei deinem abschlusskonzert. felix hasenmeister: bitte geradeaus. hörst du? ich fluche bereits. ich schimpfe schon und hinterlasse spuren. eine kette roter tröpfchen. so macht man das felix wenn man verschwindet man legt hinweise man gibt zeichen aus. bald hörst du mich. glaub mir das lieber. bald sehr bald finde ich den weg und weit vor mir wird meine stimme durch die schallisolierung dringen. meine stimme durchdringt auch die doppelten holztüren mit leichtigkeit. du wirst sie hören das sage ich dir und deine stille deine geliebte stille wird sich aus dem staub machen. du solltest zusehen dass du rechtzeitig aus dieser zelle kommst mein freund. felix ich bin so wütend ich schaffe vier. vier stufen im sprung. ich bin bereits im dritten stock ich bin bereits weiter von der bühne entfernt als du. denn selbst wenn du zum flughafen gefahren wärest selbst wenn du das land verlassen hättest ohne mich. ohne meine hilfe verlässt du diese bühne nie mehr. du feigling. ein melancholiker bist du ein sensibelchen: ich habe dich gesehen felix so fest ich konnte habe ich dich angestarrt. du wirst mich nicht gesehen haben denn diese scheinwerfer waren entsetzlich grell und bei uns war es entsetzlich dunkel aber du hast meinen blick gespürt. doch dann rief man in nächster nähe nach einem arzt. ich musste meinen pflichten nachkommen felix. musste von amts wegen helfen. ich hätte mich strafbar gemacht felix und ich sage das als müsste ich mich verteidigen. verteidigen aber muss ich mich gar nicht denn verschwunden bist du. zuerst im gewühl. eine frage der perspektive. aus meiner sicht felix waren da zuerst die gestalten die sich vor dich gedrängt die sich in mein blickfeld gestürzt haben. daran war dein vater schuld. so etwas habe ich nie erlebt: alle sprangen sie plötzlich auf als hätten sie gespürt dass dieser moment von größerer bedeutung war als sie ahnen konnten. sie konnten schließlich zunächst nicht mal wissen was überhaupt geschehen war. aber ich wusste es und du wusstest es und dein vater muss es auch gewusst haben denn dieser dein vater ließ es sich nicht nehmen kurz vorher aufzustehen. weiß der teufel wie er das geschafft hat weiß der geier warum. er stand auf felix als du noch spieltest und ich schwöre er warf einen schatten was streng genommen nicht möglich war denn wie gesagt war es sehr hell auf der bühne und sehr dunkel bei uns. es gab keinerlei rahmenbedingungen um einen schatten zu werfen. erst recht nicht pechschwarz und lang. alle hatten ihn bemerkt. alle waren alarmiert bevor etwas alarmierendes geschehen war und als er dann fiel felix dieser dein vater als er zur seite kippte warteten alle sekundenlang auf den beginn seiner rede. sogar das klavier hatte ausgesetzt. sogar von schleesdorf hatte bemerkt wie die aufmerksamkeit umgeschwenkt war. nur du hast weitergespielt. und zwar gut. nicht dass ich es sagen könnte. aber soweit ich es eben doch kann felix hast du sehr gut gespielt. es klang anders als auf dem kongress anders als in der bankfiliale es klang nach dir. und als hättest du keine wahl und

06:49, Carla
langsam war er gefallen dein vater felix fast wie in zeitlupe. hätte man die szene für einen film gedreht felix man hätte sie nicht verwenden können. zu deutlich wäre sie gespielt gewesen. seine schläfe kam auf dem vorsorglich ausgestreckten arm zu liegen wie geplant und geprobt und ich weiß noch ich dachte ein glücklicher zufall dass er uns nicht an ort und stelle auf dem parkett zersprungen ist. in scherben gegangen felix. und während man die hälse reckte anstalten machte sich umzudrehen nach vorn bzw. hinten zu

preschen zu rufen zu rudern währenddessen also felix sah ich auf die uhr. auch das von amts wegen. es geht um minuten um sekunden: zeitpunkt des zusammenbruchs zeitpunkt der ärztlichen hilfe zeitpunkt dieser und jener maßnahme zeitpunkt der einlieferung zeitpunkt der stabilisierung zeitpunkt der komplikationen zeitpunkt der rettungsversuche zeitpunkt des todes. ich sah auf die uhr felix und sah dass ich die uhr nicht trug und wenn schon sonst nichts felix das endgültig war deine schuld. fünf. ich habe gerade fünf stufen auf einmal geschafft. jetzt sind mir die treppen ausgegangen jetzt bin ich im oberen stockwerk. jetzt brülle ich felix vor wut auf dich felix spätestens jetzt solltest du mich hören. die uhr hatte nicht zum kleid gepasst. das kleid war neu das hatte ich für dich gekauft in einem unsinnigen bemühen felix dir zu gefallen. deine schuld. ich sehe fabelhaft darin aus und weil ich keine uhr trug war ich plötzlich hilflos und hielt ausschau nach dir aber hatte dich längst aus den augen verloren. weshalb ich meine handtasche durchwühlte auf der suche nach meinem mobiltelefon. es aber nicht fand. stattdessen aufblickte. vor mir ein mann. asiate. ein chinese glaube ich. mit auffallend dickem bauch felix und dünnen gliedern und dann geschah wieder etwas was ich immer noch nicht verstanden habe. dann lächelte der chinese felix er sah erfreut aus ganz so als hätte ich ihm eine längst erwartete höchst willkommene frage gestellt. triumphierend zog er statt einer antwort eine uhr aus seiner tasche. er nannte mir die uhrzeit und ich vergaß sie sofort. sah ihn an und bedankte mich. er nickte. ich nickte auch und dann sahen wir gleichzeitig sehr erstaunt auf das knäuel neben uns das uns mit geschrei und gekreisch weismachen wollte wir säßen gar nicht beim tee. ein unentwirrbares auch aus dieser kurzen entfernung verwirrend düsteres körperknäuel um den einen liegenden reglosen körper deines vaters gedrängt. den einen körper zu dem ich gelangen dem ich schon längst hätte helfen sollen statt dazustehen und zu denken wer denn nur heutzutage noch taschenuhren trägt. statt wieder zu dem chinesen zu blicken der die taschenuhr beflissen zurück in die tasche gleiten ließ. vor allem statt erst jetzt zu bemerken dass er mit der anderen hand der hand die nicht für die uhr benötigt wurde eine weitere hand hielt. die weitere hand gehörte zu einer frau. vermutungsweise seiner. er hielt sie fest. das war zu erkennen und ich dachte noch wie nett dass er sie so fest hält vielleicht um die frau zu beruhigen. und dass wir drei ein sonderbares bild abgeben mussten dachte ich inmitten dieses trubels felix allein und scheinbar ungerührt. wir hatten dachte ich unsere rolle als publikum nie aufgegeben. wir weigerten uns mehr zu sein als zuschauer und zuhörer wir behaupteten alles um uns herum sei immer noch bühne dachte ich mir. und dann erst sah ich die frau an. dann erst fiel mir auf dass die frau auch mich ansah felix: mit einem bohrenden blick. was überhaupt nicht half um meine erstarrung zu lösen. vielmehr wurde mir schlagartig klar dass ich mich die ganze zeit keinen zentimeter hatte rühren können weil sie mich eben ansah. ich war mir auf einmal sicher dass es sich so verhielt. mir fällt nichts besseres ein als: bohrend. um ihren blick zu beschreiben. sie hatte verschiedenfarbige augen. eines blau eines grün. zumindest glaube ich das. sicher konnte man nicht sein weil immer noch niemand das licht angeschaltet hatte und in den schummrigen verhältnissen fiel farbbestimmung schwer. die laute aus dem gewühl neben uns wurden greller und panischer felix und ließen befürchten dass es dort wirklich um minuten um sekunden ging. ich sagte: mir gefällt ihr kleid. ich weiß nicht warum. es war glatt gelogen denn bei diesen augen diesem blick war mir das kleid das die frau trug nicht ansatzweise aufgefallen. trotzdem half es dass ich das sagte felix es half mir denn nun schaffte ich es den blick kurzzeitig abzuwenden um das kleid in augenschein zu nehmen das kleid das ich gerade gelobt hatte. zum glück gefiel es mir. sie trug ein dünnes lilafarbenes kleid so viel glaubte ich zu erkennen und fragte mich weshalb ich erleichtert war felix ich fragte mich was ich hier tat. ich hätte mich ohrfeigen wollen ich versuchte die kontrolle zurückzugewinnen felix ich fragte mich entgeistert wann und warum ich sie verloren hatte. und dann verschwand die frau. von einem augenblick auf den anderen war sie fort und nach einigen weiteren augenblicken wich auch ihr bohrender blick von mir. ich atmete auf. der chinese hielt seine nunmehr leere andere hand geöffnet. er sah ihr hinterher und sah sehr traurig aus dabei. seine brillengläser beschlugen in rasanter geschwindigkeit. die frau felix nun konnte ich auch hinsehen die frau war in dem knäuel verschwunden in dem kräftigen durcheinander untergetaucht felix du siehst da habt ihr etwas gemeinsam es gab keine spur mehr von ihr. dass sie sich hineingewühlt hatte dachte ich dass sie einfach hindurchgeschlüpft war und bereits jetzt dort ankam wo ich längst hätte sein sollen. endlich. endlich kam ich in bewegung endlich rief ich dass ich ärztin sei dass man mich durchlassen müsse felix und du kennst mich du kennst meine stimme man machte mir platz und weder den chinesen noch seine frau habe ich danach wiedergesehen felix und dich auch nicht denn du warst bereits weg.

06:59, Carla
bis jetzt. jetzt finde ich dich. jetzt rüttle ich an zellentüren. einen flur voller zellen habt ihr hier zelle 12C zelle 23F. ich laufe klopfe ich bin längst heiser. aber dass du mich nicht hörst felix dass du nicht spürst wie ich näher komme du musst wahrhaftig noch auf dieser bühne gefangen sein. dabei warst du so schnell von ihr geflohen dass es kaum jemand merkte. nur von schleesdorf hatte dich gesehen. angeblich über dem geigenkoffer kauernd. der hatte weil er im allgemeinen gewühl gestürzt auf den rücken gefallen war weil er schmerzen litt wie er mir länger und breiter als erträglich erzählte am dritten wirbel von unten felix deshalb jedenfalls hatte er noch einmal hinaufgesehen und da seist du gewesen und habest die geige eingepackt. und dass du anschließend hinter die bühne gegangen warst felix das glaubte von schleesdorf auch zu wissen. so jedenfalls sagte er das. und ich ließ seinen kragen los felix den er sich gleich ängstlich glatt strich ich schubste ihn vielleicht sogar aber er hätte nicht aufjaulen müssen. ich fürchtete felix du habest einen plan. einen unsinnigen fluchtplan felix wie ich dich kenne für einen fall der fälle gefasst. ich begann mit der suche du feigling. ich schrieb: du bist gegangen. man hat

dich gesehen. du hasenfuß hasenmeister. du kauerst hier oben in deiner stille deiner kälte deiner vornehmen weltabgewandtheit. du bist nicht besser als dieser trottel mit seinen traurig baumelnden schals. ich dagegen: war überall. an orten die etwas bedeuten könnten. ich rief dort sinnloserweise nach dir ich hatte mich längst in rage gesucht. wenigstens irgendwo hättest du sein sollen felix denn

07:03, Carla
DEIN

07:03, Carla
VATER

07:03, Carla
LEBT

07:14, Carla
was wunder genug ist. mehr weiß man erst wenn er aufwacht. dass er aufwacht immerhin das gilt als wahrscheinlich. stabil sagt man. sie haben wie es usus ist verkabelt vertäut in schläuche gewickelt. er wirkte klein noch kleiner als ohnehin. zelle 1F zelle 2F zelle 2G. du hättest anstandshalber felix wenigstens dort am bett deines vaters dort hättest du sein können felix nicht einmal dir hätte dort gefahr gedroht vor ihm. ich weiß du wirst sagen das verstünde ich nicht. also sag es mir. mach die tür auf felix. komm raus. komm her jetzt. ich kann nicht mehr schreien. ich habe soweit ich es überblicken kann an alle türen geklopft. an allen klinken habe ich gerüttelt felix sie sind verschlossen

und das blut aus meiner hand hat jede von ihnen gezeichnet. jetzt wische ich es mir von der haut jetzt inspiziere ich die wunde jetzt halte ich inne und presse einen fetzen stoff von meinem kleid darauf. hör zu mein freund. ich bin es leid. öffne die türen tritt auf den gang komm hierher und setz dich neben mich. für jemanden der von amts wegen hören muss bist du beinahe taub felix für jemanden der den auftritt seines lebens hatte weißt du vom leben so gut wie nichts. Streng genommen habe ich es dir bereits einmal erklärt. bei 1 kerze vor 4 tagen felix aber hast du nicht hingehört. du hast nicht verstanden was ich meinte. ich sagte dass der tod vergebung schafft. ich sagte dass sich hass nicht aufrechterhalten lässt. auch liebe nicht felix. obwohl man es oft noch jahrelang versucht. im fall deines vaters felix gewissermaßen also im fall der fälle jahrzehntelang. deinem vater ist passiert wovor ich dich bewahren wollte. Ich stelle mir vor: du mit zwei. mit vier mit sechs mit sieben mit geige. du als kind felix. als kind warst du alles was von deiner mutter geblieben war. außerdem der grund ihres fehlens. aber eben kind und somit nicht schuldig. das hat dein vater kaum verkraftet. und als er es doch verkraftet hatte bestandest du darauf zu wachsen. älter zu werden und ganz wie sie und doch ganz anders zu sein. das hat er noch weniger verkraftet felix du wurdest ein mann und so zu dem mann der sie ihm weggenommen hat und so zum ziel seiner verbitterung felix. du warst endlich schuld obwohl du immer noch unschuldig warst.

07:20 Carla

jetzt öffnet unten die pforte. jetzt ist das konservatorium wieder in betrieb. jetzt wird mich bald jemand finden felix. uns. ich kauere auf dem gang du kauerst in deiner zelle. ich blute felix. es hört nicht auf. vielleicht liegt es an der tablette. vielleicht drückt das mittel auf die gerinnung vielleicht bin ich zu viel gerannt vielleicht habe ich zu wenig geschlafen vielleicht wasweißdennich. weiß nur dass du mich brauchst. dass du dich nicht selbst befreien kannst weil du dich selbst eingesperrt hast. es ist unmöglich zu entkommen wenn man sich bewacht. felix. du feigling. du träumer. ich will dir helfen ich will dich in stücke reißen. ich will dich sehen felix ich blute vor sorge um dich. als du deinen vater das vorletzte mal gesehen hast hat er geweint. das letzte mal hat er zu dir auf die bühne gesehen und einen schlaganfall erlitten. ich werde dich jetzt zu ihm bringen felix er ist vielleicht aufgewacht. ob er sprechen kann das kann man nicht sagen. das ist auch nicht nötig felix und wenigstens du wirst es nicht verlernt haben. komm raus: ich bin hier. gruß c

Jetzt.
Völlige.
Finsternis.
Ich bin aufgestanden. Ich habe mich bewegt, einige Schritte gewagt und bin auf Splitter getreten. Ich habe das Holz meiner Geige unter den Konzertschuhen gespürt. Habe weitere Schritte getan, vor und zurück, bin an Saiten hängen geblieben und mit der Fußspitze gegen Stücke des Instrumentes gestoßen. Ich zittere. Vielleicht vor Hunger und Durst und keinem Schlaf. Es ist Zeit. Die Schlitzaugenkatzen schlummern. Sie haben das Bersten des Instrumentes überhört, sie haben meine Entscheidung versäumt.
Die Wand ist beruhigend fest. Als ich sie erreicht habe, atme ich durch. Ich weiß nicht, ob es die Katzenwand ist oder die Seite, auf der mir bald das Klavier im Weg sein wird. Vielleicht taste ich mich auch in die falsche Richtung, weg von der Tür. Wieder gerät mir ein grober Splitter unter die Sohle und kracht wie ein Eiszapfen.
Diese Stille.
Ihre Tiefe ist an Geräuschen zu erkennen, den wenigen, die unvermeidbar sind. Ich messe sie an Atemzügen, horche meinem flatternden Herzschlag nach. Ich lausche. Alles hallt, alles deutet darauf hin, dass die Zeit in diesem Raum unendlich langsam vergeht. Es dauert Stunden, ehe ich mich gefasst habe, Tage, bis ich die Kraft aufbringe, vorwärtszugehen.
Schritt.
Um.
Schritt.
Um.
Schritt.

Um.
Schritt.
Zur.
Ecke.
Seitwärts.
Weiter.
Weiter.
Schritt.
Um.
Schritt.
Zur.
Tür.
Klinke.
Schloss.
Schlüssel.
Nicht.
Denken.
Jetzt.
Nur.
Nicht.
Denken.
Weiter.

Aufsperren.

Öffnen.

Als ich die erste Tür der Übezelle geöffnet hatte, war es, als dränge durch den Rahmen der zweiten ein Lichtschein. Ihre Umrisse leuchteten fahl, und obwohl ich wusste, dass es eine Illusion war, dass auch diese Tür nicht einmal Schall passieren ließ, kniff ich die Augen zu. Beim Tasten nach der zweiten Klinke, die sich doch auf derselben Höhe wie die erste befinden musste, griff ich so unbeholfen ins Nichts, dass mein Herzschlag aussetzte. Als ich endlich den gebogenen Plastikgriff hielt, pochte es bis zum Hals. Schnell drückte ich die Klinke und stemmte mich gegen das Holz. Wirkliches Licht, weiß und schummrig. Es musste irgendwo durch schmale Fenster einfallen, es musste Morgenlicht sein. Ich blinzelte, was nur weitere, hartnäckigere Tränen hervorrief. Als ich sie mit den Ärmeln fortwischen wollte, setzte der Sog ein. Heftig zerrte es an mir, ein Impuls, der mich zurück in die Zelle saugte, ich wusste nicht, woher er kam, und hätte ich darüber nachgedacht, wäre ich unweigerlich hintenübergewirbelt worden. Halb blind stemmte ich mich dagegen. Das Zittern meiner Muskeln hatte nicht nachgelassen, mit ganzer Kraft lehnte ich mich nach vorn, es riss an meinen Kleidern, riss mir die Haare aus der Stirn. Fast wäre ich aus dem Gleichgewicht geraten. Ich sprang. Ein Hechtsprung, der lächerlich ausgesehen haben muss, aber die einzige Möglichkeit, der stummen Gewalt zu entkommen. Dabei kam ich nicht sonderlich weit. Nur ein paar Schritte von den beiden Türen entfernt schlug ich auf, doch es genügte. Der Sog ließ von mir ab.
Ich wälzte mich auf den Rücken und wartete, bis der Schmerz in den Rippen verklang. Langsam gewöhnten sich meine Augen wieder an das Konzept von Hellig-

keit. Ich konnte mich aufrichten, konnte die Arme ausstrecken und vor mir die altbekannte graue Wand erkennen, vage die Zellentüren rechts und links mit ihrem rätselhaften Ordnungssystem. Ich konnte aufstehen. Der Boden schwankte wie bei heftigem Seegang. Als ich halbwegs sicher stand, begann die Welt zu flattern. Flügel übermütiger Insekten, ein hektisches Summen, das Gefühl der Freiheit. Wie der betörende Anfang einer Symphonie breitete es sich aus, schwoll an, zuckte und schien jede denkbare Richtung zu erwägen. Ich schloss die Augen, um einen Moment das Kribbeln in meinen Beinen auszukosten. Vorsichtig drehte ich mich im Kreis. Als ich die Augen wieder aufschlug, sah ich Carla. Sie kauerte einige Türen weiter, einige Meter entfernt.

Ihr Gesicht lag im Schatten, sie rührte sich nicht. Ich sprach sie an, meine Stimme klang, als spräche ich in eine rostige Blechschale, aber Carla blieb reglos sitzen. Den Rücken hatte sie an die Wand gelehnt, die Knie angezogen, ganz so, wie ich selbst lange Zeit in der Zelle gesessen hatte. Unmöglich zu sagen, ob sie mich ansah. Merkwürdigerweise hörte ich immer noch nichts, keine Laute des beginnenden Konservatoriumsbetriebs, kein Fußgetrappel oder Türeknarzen, keine ungestimmten Saiten. Vielleicht hatte sich diese Stille in meinen Gehörgang eingenistet. Ich sagte Carla, dass ich meine Geige zertrümmert hätte, ich bin nicht sicher, warum mir das wichtig war, warum es das Erste war, was ich ihr zu sagen hatte, gleich nach ihrem Namen. Zertrümmern, sagte ich, sei falsch, ich hätte sie einfach fallen lassen, ich hätte nicht nachgefasst, sagte ich, aber Carla blieb stumm.

Dass sie hier war, schien mir unerklärlich. Ich ging langsam auf sie zu. Der Boden dehnte sich. Nach allem, was mir an Seltsamkeiten geschehen war, schien mir das die geringste zu sein, doch ich hätte schwören können, früher nur drei Schritte von Zellentür zu Zellentür gebraucht zu haben, jetzt waren es ungleich mehr. Schwere Schritte waren es, nur widerstrebend ließen sie sich dem Flur abringen, zäh kam ich vorwärts, auf Carla zu, und sagte, wie überrascht ich sei, dass sie mich tatsächlich gefunden habe, dass sie da sei und auf mich warte. Dass sie hier sei, um mich zu retten, was nun überflüssig sei. Ich sagte, wie sonderbar es doch sei, dass man die Stille als Rauschen empfinde.
Einige Schritte vor ihr blieb ich stehen. Ich sah auf sie hinunter, ihr Gesicht war immer noch nicht zu erkennen, ich richtete meine Kleider, strich mir die Ärmel des Jacketts glatt und sagte erneut ihren Namen. Endlich rührte sie sich.
Carla stand auf. Dabei brachte sie es fertig, weiter im Gegenlicht zu bleiben. Oder meine Augen waren noch nicht bereit, die Abstufungen zwischen Licht und Schatten auszuforschen, ihre Gestalt jedenfalls erschien mir dunkel wie ein Schattenriss. Ein großer allerdings. Größer, als ich ihn in Erinnerung hatte, dazu schlanker, es lag unter Umständen am Kleid, und ich wunderte mich, dass sie immer noch ihr Kleid trug, schließlich war sie zu Hause gewesen. Schließlich hatte sie geschlafen, einige Stunden immerhin, und auf ihrer Suche war das Kleid sicher hinderlich gewesen, auch konnte ich mir nicht vorstellen, dass sie das Haar dabei offen getragen hatte, ganz gegen ihre Gewohnheit. Jetzt aber fiel es ihr über die Schultern, es war lang geworden, länger,

als es selbst bei optimistischer Schätzung in einer Nacht geworden sein konnte, gelockter außerdem. Mit einer grazilen Bewegung schob sie sich eine Strähne hinters Ohr, die hellrot aufblitzte.
Sie kam auf mich zu. Ihr Gang ein anderer, das Geräusch ihrer Schuhe auf dem Boden bedrohlich grell. Ich wich zurück, versuchte dabei, sie in einem anderen Winkel zu sehen, ich zog den Kopf ein, aber sie blieb ein Schatten und streckte die Hand nach mir. Ich blieb stehen, ich ließ mich berühren.
– Moladjez.

DANKSAGUNG

Dank an Lino Wirag fürs Anstupsen, Marcel Maas fürs Nachlesen, der textwerk-Bande fürs Glattbügeln, der Stadt München fürs Geld und Margit Wiessner-Strasser für die Zeit.

TILMAN STRASSER

Tilman Strasser, geboren 1984 in München.
Studierte in Düsseldorf Germanistik und in Hildesheim Kreatives Schreiben. Während des Studiums moderierte er Lesebühnen, Poetry Slams und Radiosendungen, organisierte ein Theaterfestival und leitete ein Online-Magazin. Inzwischen schreibt er Drehbücher und Zeitungsartikel.
Für die Arbeit an »Hasenmeister« erhielt er unter anderem das Literaturstipendium der Stadt München.
Er lebt bevorzugt in Köln, manchmal auch in Berlin.

www.wildedinge.de

salis

Alle News, Infos zu den Autorinnen und Autoren, zu den Büchern, Veranstaltungen und vieles mehr finden Sie auf:

www.salisverlag.com

www.facebook.com/salisverlag

www.twitter.com/salisverlag

www.issuu.com/salisverlag

Wir freuen uns auf Ihre Rückmeldung:
info@salisverlag.com

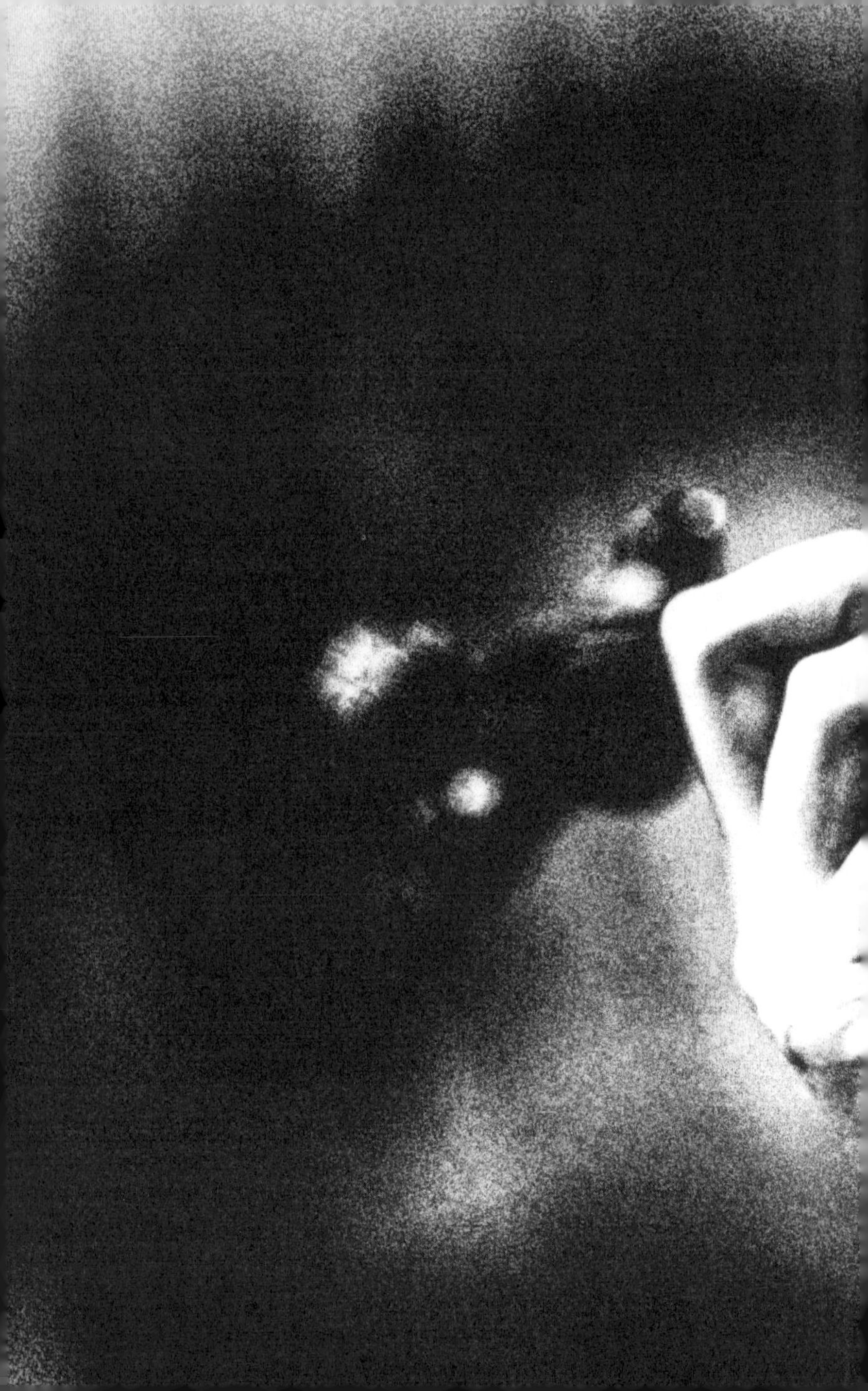